人間書話

藏書家的心事

苦茶

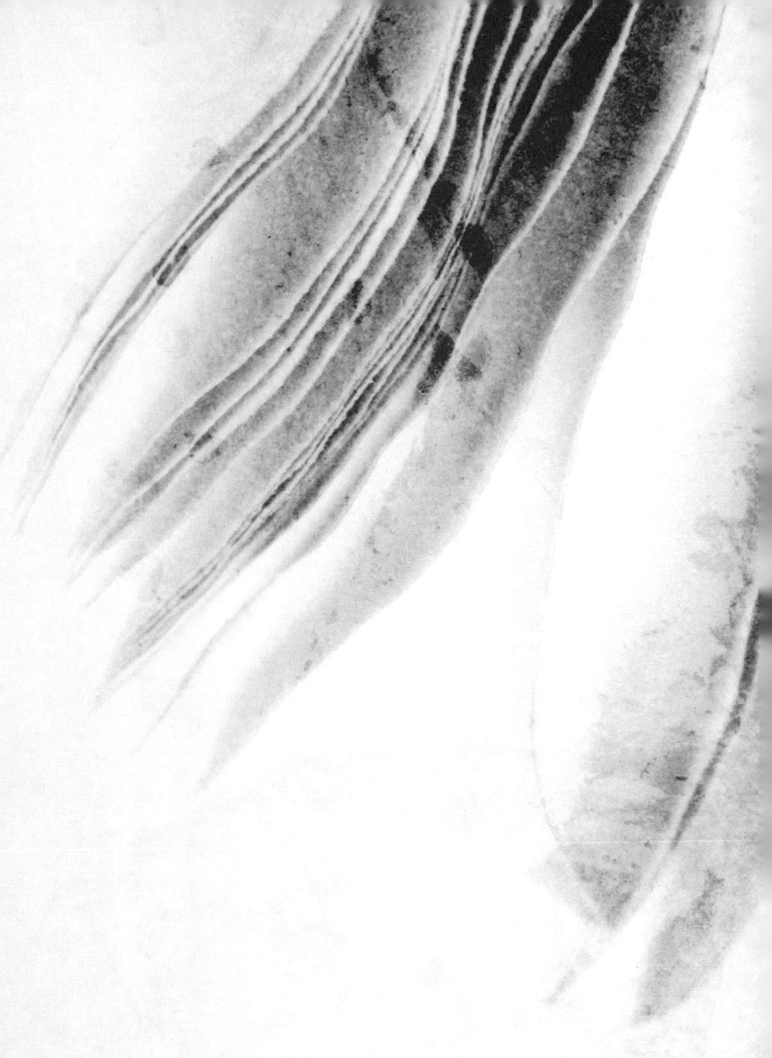

推薦序

古書比包包耐人玩味

楊澤

a

我已記不起自己，到底從哪天開始才算明白，完整意識了過來，書其實永遠買不完，也讀不完。也忘了這之後，又是從哪一朝哪一夕算起，不單單渾不思改弦更轍，反而從更早的「漸悟」，翻然一步到位「頓悟」到：事已如此，又何妨繼續維持本色，不改其樂，一逕任著性子下去，把書買回家，當它是最特別的「室友」，坐擁一屋子四處淘回來的書，朝夕相對，認真或不認真地啃，咀嚼，而不試圖澈底「消化」架上那一落落，一排排，往往只讀了梗概大意，從幾十頁到幾頁幾行不等，即使再花上幾輩子亦不可能讀完的藏書？

活在數位時代的今天，閱讀器駸駸然欲取代紙本之際，侈談私人藏書難免有份荒忽感。說真的，看在常人眼底，我或其他書友身上的這份「積習」，恐怕一點也並不合理，既不符買書的經濟效益，顯然也無助於讀書效率或專攻術業的提升。只是這份後天習得，幾近無可救藥的「宿癖」，「雅癖」，第一時間既不能為外人所解，亦不足為外人道，卻是世上所有書癡，書奴，書蟲上下求索的必經之路。哲人赫拉克利圖說「向上與向下之路，原是同一條」，書神在上，我輩這條不歸路的盡頭呀，原是歷來多少愛書人心領神會，須臾不能離的極樂天堂。

b

數位時代以降，「知識免費」，「文化免費」概念盛行一時，科技資本主義方便法門洞開之日，很反諷的，某些個人知識或文化倒是有悄悄溜走的危險。

單說拍照一事。數位相機帶來無與倫比之方便，偏偏也帶來極大混亂。不需花錢買膠卷底片，不需費工夫拿去照相館沖洗印製，本該是快事一件，但多少人如今落得憂心忡忡，原因無他，眾人每天隨時隨地拍發照片太多太濫，盡是send出，可少有人會回頭進行收藏的動作。照相館時代不再，舊相冊時代不再，諸多「實體」忽忽走入歷史，許多人頓時落入漫無邊際的空洞失落裡，怕就怕再也永遠找不回，過去那份收藏個人及家庭記憶的細緻手感，美感，還有那背後的美學與傳統。

我認得臺灣最年輕的「留聲機傳教士」王信凱多年矣，前後到訪過他主持的「古殿樂藏」工作室多回，最近一趟才不久前，乃是為了卡薩爾斯上世紀三〇年代錄製的巴哈大提琴無伴奏六首，更準確地說，是衝著難得在臺完整重現江湖的蟲膠版歷史錄音而去。

信凱解釋過，來自類比時代的不插電留聲機，本身固然能量不大，反倒能以物理放大的方式錄下樂音的原汁原味，包括演奏現場的空氣粒子和呼吸雜質，進而創造出類似班雅明喜言的，早期攝影特有的那層靈光效果。他愛開玩笑說，那日本淘來的高大老留聲機背面宛如有人藏身，每場音樂會所以也是某種降靈會云云。更重要的，留聲機以「機器」的面貌出現，本質更近「樂器」；也因此，古典留聲機的存在，視為一種賦有神奇身體記憶的樂器，與其說是在播放，不如說是在復刻一場最貼近原有歷史時空的演奏會。當樂曲在轉盤上，在蟲膠唱針下被復刻成型，震動成音，我們耳中聽到的，信凱信誓旦旦地強調，不是別的，乃是道道地地的「實體」。

c

以實體說音樂，以實體說收藏，復以音樂說收藏，這是信凱和他的「古殿樂藏」給我的一份獨特的靈感及啓示，底下容我據此以「模擬」我想像中的「古殿書藏」之一二。

古人談收藏，雖未拈出「實體」二字，關鍵字如「把玩」，「摩挲」，「包漿」，「手澤」，三句話不離口。只是，「書之實體」並不單純，若單以骨董古玩還有其他可把玩「實物」視之，怕還僅見其表層。書迷們倘使一逕只顧從版本到作者題簽，從紙墨印刷到設計裝幀等層面下手，專找此類印記和美感表面的細節作文章，美則美矣，善則善矣，畢竟還只停留在傳統愛書人藉以演奏「書之實體」的第一樂章，也不免小覷了「實體」二字。

猶如夫子門牆，「古殿書藏」牆高亦數仞，倘使第一樂章呈現的僅限於書的美感次第，發燒友遊走其間，說穿了，形同門外漢，只能訕訕然窺探於外，「尚不得其門而入」，第二樂章始可言「入室登堂」，得見「宗廟之美，百官之富」。

歷史是第二樂章的莊嚴動機，掌故則是它輕快，不乏詼諧及奇想的副動機。這也是眾書友最愛徜徉的「舒適圈」，舉凡時代思潮，文人風尚，大小文史掌故及文獻檔案，林林總總，盡入囊中。

但第二樂章寓重於輕，除了引領讀者發發思古幽情，自有其冷肅厚重的一面。不管是「悲憤著書」亦或「怨毒著書」，不管是古人司馬遷，還是現代作家魯迅，所謂藏之名山，「俟後世聖人君子」，追究起來，豈不正是為了蕭條異代不同時，那少數心有戚戚焉的讀書人。而此時接踵而至的第三樂章，格局豪邁，氣象萬千，說的，訴的，合該是千古文化傷心人的一番滄桑與感慨矣。

二十世紀上半葉，最為憂生，也最傷心潦倒的德國文人，你道是誰？班雅明（一八九二－一九四〇）也。班雅明晚中國王國維（一八七七－一九二七）十五年生，兩人皆是天才文人兼大學問家，卻一般生不逢時，也同樣悲觀憂生，最終都走上自殺路，天意未許活過五十。這裡容我借班雅明在〈打開我的圖書館〉裡說過的幾句話，來說明我心目中最富戲劇性的第三樂章主題：命運。

> 書籍自有它們的命運……對藏書家而言，不單書籍，包括書籍的別版另冊都有各自的命運。在這點上，一本書最重要的命運，是它與藏書家的邂逅，以及它與藏家名下其他藏書的會流。當我說，對一個真正的藏家而言，淘得一本舊書之時，乃是此書再生之日，我絕非故作誇張語……

經歷一戰，二戰期間的大動盪，歐洲文明本體搖搖欲墜，班雅明這樣的舊文人心中愁苦，公開轉向馬克思主義之餘，只能強調自己遺少型藏書家的身分並不可恥，反而賦予他一份闡幽探賾，主動詮釋，干預書籍及時代命運的能力。若干年前，森見登美彥的《春宵苦短，少女前進吧！》紅極一時，我印象最深的卻是小說家捏造出的「舊書市集之神」。這神的主要工作，除了幫助宅男男主角實際邂逅他的意中人，就是幫書癡找到他們的意中書，而這同時也是為了他的另一次要任務，也就是，趕走居心不良的藏書家，因為「出版的書被買走，之後又遭脫手，一直得等到有幸落入下一主人手上，這書始算重生」，「書籍就是這樣幾經復活，才在人與人間建立起連結」。森見登美彥的小說充滿老京都風情與韻致，寥寥幾筆便寫出愛書人對舊書的那份濃濃鄉愁。能掰出這樣的妙哏來，森見對班雅明估計並不陌生。

人是書的知音，書也是人的鏡子，人與書的邂逅，書與人，書與書的際會，代表的其實是古典文明昌盛以來，人與書，靈性與靈性之間不斷流轉的共同宿命和某種難得的對話機緣。誠如信凱所言，音樂既是實體，也是靈界現象；書，尤其是古籍舊冊，亦復如此。

佛經中有善財童子五十三參的傳奇，敘述善財巡遊參訪各行各業各領域大菩薩的過程，他也因此被視為親近善知識的典範。善財童子的老師是文殊菩薩，文殊菩薩在佛法中代表智慧第一，我們又何妨視善財童子為歷來愛書人的典範，將善財五十三參擬為愛書人自我追尋的一番旅程。

故事開端，善財童子方悟道，但文殊菩薩，他的老師摸摸他的頭，笑說，悟得根本智並不夠，世上一切差別智，樣樣還都要懂。追究起來，這乃是因為依照佛法，根本智與差別智，出世間法與世間法，真空與妙有，就像世上一切學問，佛法的八萬四千個法門，都是層層套用，無法輕易分開的。

許多愛書人畢生都在尋找某種「秘笈」，尋找能與自己相應，對自己而言最重要的一本書（班雅明便強烈主張，如果找不到那本書，就該自己把它寫出來，創造出來）。但這是可能的：這樣一本獨特的書或秘笈，並不存在。我無意故弄玄虛，如果它存在的話，它極可能會是一本「無字天書」，因為這書不是別的，它正是你的自性，你的靈性本身。

古今中外，不少骨灰級書癡說過類似的話：書不是用（眼）來讀的，而是用（心）來摸的。我完全同意，如果你懂，古人所以愛說「於無字句處讀書」的一番道理，也許就會欣然接受，書不是用來讀的，而是用來以心相應相觀照，復親身印證實踐的。明人張潮在《幽夢影》中寫道：「少年讀書，如隙中窺月；中年讀書，如庭中望月；老年讀書，如臺上玩月。」在這點上，容我補充說，對一個老去的藏書家而言，書尤其不是用來讀的，而是用來睡的；說真的，能夠與書俱老，不管是年輕時以書為枕或老年擁書成眠，這是多大的福報，多深邃的快樂呀！在這之上，讀者也許可以想像，不是其他任何東西，人的「靈性」本身正是「古殿書藏」最終樂章的崇高主題。

e

多少年前，我讀了戴望舒的一首詩，題目就叫〈我和世界之間〉。

我和世界之間是牆
牆和我之間是燈
燈和我之間是書
書和我之間是——隔膜

這是一首怪怪的詩，低調，壓抑得不得了，也悲傷得不得了，極可能寫於二戰離亂時期，詩人心緒最沮喪的時刻。

這是一首偽裝冷靜客觀的詩，卻也是一首赤裸裸的絕望的詩。哀莫大於心死，當哈姆雷特王子說「字句！字句！字句！」，他意指世人不真誠，世上充滿了太多空洞而無用的話語，但這樣說時，站在空蕩蕩舞臺上的丹麥王子至少還有，他揣在手上的那本書。而當戴望舒寫道，戰亂的人寰和他之間，什麼都不重要了，只剩牆，燈與他的書所構成的一角一隅的和平，他卻在書和人之間發現了，那層無形的隔膜。連書也救不了他，書也已經不重要了。

戴望舒的「隔膜」已遠，今天的讀書人是幸福的，從森見登美彥到他的宅男男主角，到世界各地舊書市集上的買家玩家，太平時代，朗朗青天之下，書和愛書人間，只可能有一種類似書衣或書腰這樣的隔膜吧。

苦茶先生愛書成癡，常在臺北舊香居及南區一干新舊簡體繁體書店走動，他曾遠赴香港，日本等地訪書，尤其日本，主要為了尋他心儀的王國維，谷崎潤一郎等人足跡。苦茶兄謙稱，自己不是藏書家，只願跟隨在藏書家朋友左右，「一起在鬱鬱書林中前行」。但他京都歸來，寫下仔細考證〈王國維在京都〉的長文，抉幽發微，已遠超出一般書話隨筆的分量，允為此書力作。

此書開卷，苦茶另有〈淘書夢華錄〉長文一篇，細數從日本時代至今，臺北舊書業興衰史。為免讀者誤會，在我眼中出現的苦茶先生，可絕非什麼遺老遺少型人物。苦茶兄穿著入時，談吐有節，舉手投足有份書卷氣，他人十分溫文有禮，卻也不是那文人雅士者流，而是規規矩矩上班下班，生活作息都極有分寸節制的公務員一枚。對我而言，苦茶《人間書話》此書的出版，代表的不單單是他個人寫作上的里程碑，而是新一代臺北書人及國民藏書家的誕生。

臺北之有舊書古書，復有身前藏書足以留名傳後的高人雅士，並非絕日之事。然則，昨日已逝，不論是稍早之日治或較近的民國，容我套句瘂弦詩，君非遺老之知之必要！君非遺少之知之必要！

我虛長苦茶若干歲，但我等書癡，大抵共同成長於臺北重慶南路書街，及長又逡巡於東區誠品，南區臺師大一帶大小書店，中年之後每流連於牯嶺街「廢園」，光華商場等遺址而徘徊不去，三致意焉！苦茶兄在〈淘書夢華錄〉一文文末，對「偉大的文化城市」和舊書店的連結頻頻祝禱，我不十分確定臺北夠不夠得上偉大城市的邊，但應該算得上老書蟲的我，泡壺去年木柵鐵觀音，讀苦茶的書，重溫往事，驚覺歲月忽已晚，那份個中滋味及回甘的美，豈足為外人道哉！

回頭看，臺北或不見得是最富底蘊的東亞城市，卻也絕非一無文化根基的地方。當鐵桿級書癡如苦茶謙稱，他並非真正藏書家，放眼望去，這時代，這城市，究竟誰又稱得上真正藏書家？而藏書家的定義又為何？

藏書家的定義極難有客觀標準，多少人不曾因書而變得開闊，反而成了「所知障」，我因此寧以愛書人那份「好古而敏求」的初心為取決，而這方面，苦茶兄絕不在眾人之下，而在眾人之上。一個藏家藏了再多的書，倘無這份上下求索，追慕古學的心，又如何能與他的藏書相應相觀照，進一步思出入古今而有所得？兩岸三地骨董書畫拍賣界聲勢浩大，「好事者」流如今見多了，我們好稱這些人為藏家嗎？苦茶兄十年插柳，十年成蔭，偌多年下來，持續專注於斯，須臾不離，如果說他不是真正藏書家，誰又會相信呢？

日本學者鹿島茂是個「危險丈夫」，愛搜十九世紀法蘭西高價古書成癡，成狂，他曾甘冒二度冒犯太太的危險，在書上寫道「古書比孩子重要」，此書此語稍後在日本傳頌一時。只是，大學者鹿島茂本是學有專精的人，他愛書成癡成狂，是天經地義的事，學理工出身的小市民苦茶又何為來哉？何「苦」來哉？

苦茶其實不苦，他以淘書為樂，寫書話為樂，他的真快樂，真性情，真幸福，是裝也裝不出來的東西。唯一干擾他的「雜訊」是錢，可他從來坦然以對，反而說明他有份我勉強名之為「國民藏書家」的美德與平衡感。的確，苦茶寫了不少書話談到買書錢，似有「斤斤計較」之嫌，但諒他並非「貴婦」，情有可原！

苦茶談買書錢，多少是寫給太太作報備，讀者不得而知。鹿島茂當年說「古書比孩子重要」，修辭效果一鳴驚人，可沒人會傻到相信，古書真的比孩子重要。我認真覺得，鹿島茂此言用意固甚佳，不過倘稍加修訂，改作「古書比（貴婦）包包耐人玩味」，或會名符其實些。除了極少例外，貴婦和她的包包從來都太勞民傷財，折舊率更太高；書則反之，不僅個中有重重耐人玩味處，且越陳越香，越有價值，也越有深意足供一個人終生回味。只是，舊香古雅，惟雅人得之，我這裡姑妄言之，「賺了一輩子，窮得只剩錢」的許多二十一世紀臺灣人，怕是不以為然的吧！

說到頭，藏書必然是時間的藝術，所藏之書到最後一刻不免化龍化虎，化為不可見的能量，歸彼大荒，一切不過時間耳，願持此與苦茶及臺北諸書友們勉之！

自序

收容宇宙秘密的樹洞

有時會有這樣的感觸：藏書的人，個個都像周慕雲。他或她，在家裡或外頭買來租來的房間裡，堆藏許多許多書，美其名曰「書房」、「書庫」，其實，那是一個個樹洞。電影《花樣年華》周慕雲用樹洞收藏不能告人的秘密，藏書人書房內每一本書就是一個秘密。鄭騫先生詩：「情懷只合自家知，說與旁人枉費辭。」藏書人的秘密或許算不上不得了的秘密，然而只能埋藏者自知，即使至親骨肉亦難知難解。藏書情懷若果說與旁人聽，一說便俗，落入言詮。不如姑且埋著。

我是俗的那種人。

網路部落格火紅的年代，我開了一個「夢幻泡影錄」，寫觀賞電影、電視、動漫、特攝的心得報告；又開一個「大自在軒藏書誌」，寫訪書、蒐書、購書、藏書的濫帳隨筆，寫得好勤快。不但愛說與旁人聽，更渴望聽到的人越多越好，簡直是暴露狂。暴露狂總是引人側目。暴露多年，竟能出一本書。

本書的誕生契機如花火，誕生過程如釀酒。

先是，經常在誠品書店巧遇聯經「金輪法王」胡金倫總編。我們都喜歡逛書店。我是閒晃，他是巡視。二〇一五年三月川本三郎先生書店座談會後，法王突然對我說，你的文章可以出書嗎？此言如神諭貫耳，我遵示收撿文稿一批十幾萬字交給主編陳逸華。經過擇選、排隊、審核，二〇一六年下半年確定出版，再經後製、校對等編務，本書終於二〇一七年四月問世。

等待期間從容翻修舊文與持續新作。即使已發表過的舊文，一律修訂增補除錯，將當初因篇幅所限、忍痛割捨的材料放回去，整舊如新。此外亦增入多篇未發表過文章。兩年光陰令「舊酒」醇、「新酒」甜。

得於《中國時報》發表的因緣亦應一記。某年，人間副刊主編楊澤先生想邀請更多作者以增擴《中時》副刊廣度。臺北古本屋舊香居吳卡密推薦我，於是楊澤先生囑咐我寄文章給《中時》。編輯簡白先生隔空以電話、電郵指導，主題應是漫談紙本書籍收藏，但勿強調珍本稀有與高價，只提藏書的樂趣、情趣。短短的書話，一千字左右，搭配幾張照片，以便補白。

寫成第一篇〈人與書的流轉：《文鏡與文心》〉，簡白讀後說就是要這般文字，遂刊登於二〇一〇年五月三十日《中時》人間新舞台。這一寫，從二〇一〇到二〇一六年，有稿皆登，斷斷續續刊登二十二篇，期間簡白先生也退休了。

六年二十二篇並不多。一來我非專業作家，僅能利用閒暇寫作，無法量產；二來選題困難，要寫出藏書趣味又不強調它的珍稀，言之有物、有味、有感，且壓縮至一千字，大不易。約兩、三個月才能磨出一篇。這批書話抽掉兩篇較不愜意者，已依屬性分別納入本書各輯。

本書分成四輯：

第一輯「藏書家的心事」，道出藏書家的怕與愛，酸與甜。

第二輯「人間書話」，係發表於《中國時報》人間副刊書話結集，故名「人間」。歷數藏書，自得其樂。

第三輯「訪書訪人」，訪書足跡遍及臺北、香港、京都。證得人間處處有書癡。

第四輯「人書俱老」，以論文的工夫、雜文的閒情抒寫臺灣先賢與民國人物，如洪棄生、劉吶鷗、李香蘭、林獻堂、張大千、鄭振鐸、趙萬里、馬廉、周棄子、周作人、吳魯芹、王國維、谷崎潤一郎，豈知流水今日，原是明月前身。

感謝楊澤先生賜序。本書由他催生，再由他接生，功德圓滿，讚歎綠度母。

感謝舊香居卡密與天字第一號店員浩宇於文獻收集各方面鼎力協助。

感謝簡白先生指導，經過副刊磨練，果然我的文字盡脫浮濫冗雜習氣，煉得又簡又白。

感謝書界前輩辜振豐、吳興文、邱秀堂諸先生引介拙文得以面世。

感謝聯經出版公司金倫總編、辛苦的主編逸華及工作同仁們。

謝謝小女又綺（甜茶），在美術班繁重課業壓力下，仍熬夜設計、繪製本書插畫，成果精巧可愛。

感謝老母、妻子秀美及女兒又瑄、又綺，長久以來忍受我的藏書癖。讀畢本書，你們當能體會，爾後還要繼續忍受。

周慕雲埋的秘密是他自己的秘密。藏書人埋的秘密，除了他自己的以外，還包含他人的秘密。書房樹洞看起來不大，實則足以容納整個宇宙的秘密。感謝您閱讀這本書，甚至願意把這本書／我的秘密藏入您的樹洞，如此一來，我的樹洞將可通連您的樹洞。

感謝收容宇宙秘密的樹洞。

目次

第二輯　人間書話

第三輯　訪書訪人

第四輯　人書俱老

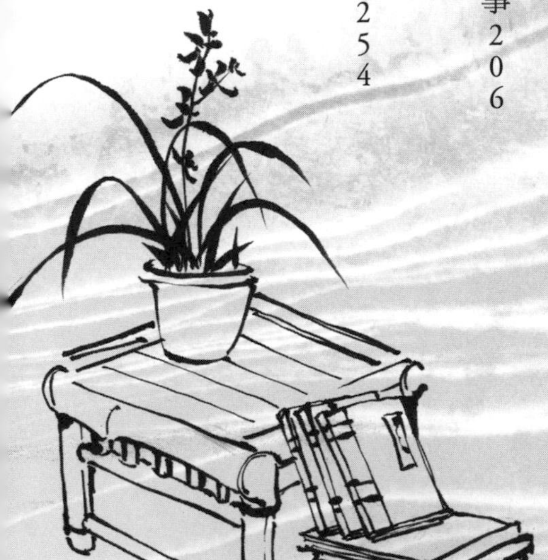

第一輯

藏 書 家 的 心 事

淘書夢華錄：臺北舊書業興衰漫話

一座具文化底蘊的城市必定擁有舊書店；無法讓舊書店存活的城市，無論建設得多麼堂皇亮麗，人們的性靈生活必定有一塊難以言喻的缺憾。

臺北有舊書店。臺北幸而尚有多家舊書店。

或許不比北京、東京、倫敦、巴黎等國際文化大都會同業具有悠遠歷史與幅員規模，但臺北舊書店自有其旺盛生命力，始終與時代脈絡同進。

依據李志銘先生著《半世紀舊書回味》，臺北城至少在一九二〇年代日治時期就有舊書店。在今日臺北市西區大稻埕一帶，有「苑芳」、「振芳」、「玉芳」等漢人開設的舊書店，當時稱為「舊書鋪」，賣的是經、史、子、集、小說、戲曲、筆記等漢文線裝書。當時這些「舊書」大多是向「唐山（泛指中國大陸）」洽購，或者委託去中國做生意的臺商返鄉時帶回。一八九五年後雖然清領日治變天，然傳統文人尚在、漢學文化並未斷絕，民間私塾、詩社也仍暢旺，讀漢學、寫漢文、作漢詩大有人在，且在臺日本官員、文人亦能附庸風雅寫漢文漢詩，參加詩社詩會，漢文典籍與近人著作仍有市場需求，應該也會流進各地「舊書鋪」。

同時，受中國（維新與五四）、日本（文明開化）及西洋現代化思潮影響，臺灣進步知識分子亦紛紛開設新書店販售現代新文學、社會科學、哲學等洋裝新書，例如位於大稻埕，今延平北路上蔣渭水的「文化書局」、連雅堂的「雅堂書局」等。這些新書店除了新書，也販賣舊書。

而「古本屋」向來是日本人拿手的文化產業，依據一九三九年日本出版《全國主要都市古本店分布圖集成》，當時臺北市古本屋最密集區域是縱貫線鐵路從萬華車站到臺北車站之間的新起町、西門町、榮町一帶（大約是今日萬華區、城中區交界處）開設了十幾家古本屋，此外尚有多家散布於臺北市區。店家多了，促成同業公會「臺北古書籍商組合」於一九三九年四月或五月時成立。

依據《東京古書籍商組合月報》（一九三九年七月號）報導：

在臺灣臺北，古本同業者最近組織了臺北古書籍商組合，自六月二十一日起，期間五天，與當地書物同好會共同主辦，假臺灣日日新報社樓上舉辦第三回書物跳蚤市場，有首次出現的與臺灣相關各種調查報告書、全集作品、和本珍本等參與盛會。

「書物跳蚤市場」一年舉辦二回。第一回於一九三八年（昭和十三年）十月二十二—二十四日舉行。會場位於榮町四（鄰接西門的一個角落處）臺灣日日新報社三樓的大講堂。榮町通大街兩側有齒科、藥鋪、吳服店、出口履物、運動具等各式商店，號稱「臺北銀座街」。

第一回跳蚤市場由野田書店等二、三家義務擔任幕後操盤。日本古書通信社報導：「臺灣首度嘗試，活力的書店即賣展在藏書活動稀少的臺北趣味地開展了。」因成效良好，主辦者臺北書物同好會遂於同年十二月十七至二十一日開辦第二回。

第一回書物跳蚤市場把臺北市古本業者集結起來。到第五回書物跳蚤市場（一九四〇年十二月二十五日開始舉辦五天）時，古書籍商組合上到檯面運作，書物同好會退為後勤支援。開展會場仍在臺灣日日新報社大講堂。

臺北古書籍商組合於一九四〇年十一月加入日本「全國古書籍商組合聯合會」，可見當時該組合已有相當規模。登錄資料如下：

組合長：鹿子島五郎（鹿子島書店）
副組合長：野田忠雄、鹿子島忠孝

評議員：小野山三郎、山本吉次、岡本柳、宮山豐源、黃次俊、陳金塗、林旺叢
事務所：臺北市新起町二之四六

當時在臺北的古書店大致有：

1. 巖松堂出張所：位於臺北高等學校正門附近。一九三七年結束營業。
2. 鹿子島書店：位於擁有多家飲食店、藥局的新起町。與岐阜屋書店最為接近。
3. 啟文堂：與平光書店、東陽堂競爭的店。
4. 厚文堂：位於臺北高等學校後面附近。
5. 至誠堂：於南進堂附近。於臺灣文獻的收集最為熱心。在西門町一丁目還有一個店面。
6. 杉田書店：臺北城區內古書店先驅。位於臺灣銀行附近。
7. 次高書店：位於貯蓄銀行附近。離杉田書店也很近。
8. 臺北堂：位於古亭町隔壁的川端町。
9. 東陽堂：位於本願寺別院附近，與杉田書店並列的老鋪之一。
10. 南進堂：左鄰平野金物店，右鄰山田支店，正對面是救世軍小隊建築物。收羅臺灣相關書籍、官報等。

11. 野田書店：距離城南信用組合不遠。是臺北唯一自行辦理目錄販售及出版業的古書店。店主野田祐康係巖松堂出身。

12. 平光書店：位於南進堂斜對面，救世軍小隊隔鄰。後面是本願寺別院及其附屬幼稚園。是臺灣一等的古本屋老鋪之一。

13. 富士書店：位於永樂町，屬於「大稻埕」。因擁有中國演藝劇場等，此地區遂形成繁華歡樂的街區。

14. 福文堂：鄰接入船町。町內有新鮮樓、芳明館、富士見樓、巴樓、觀香樓等酒樓、咖啡廳、キャバレー（cabaret，附有歌舞表演的小酒館）密集林立，與藤田電氣店同在町內大街上。

15. 岐阜屋書店：位於南進堂附近。應在富貴園正前方附近。

16. 高砂書店：約於警察官及司獄官練習所附近。

17. 日文堂書店：上奎府町隔著臺北車站，位於北門町對面位置。二丁目內有吉村印刷、朝日食堂等店，日文堂在大塚商會隔壁。

18. 志明堂書店：附近還有福井屋、建成小學校。

19. 谷沢書店：位於東陽堂附近，是家老鋪。

20. 文明堂：於榮町二丁目，是町內最老的書鋪。

21. 日臺堂書店：與平光書店、東陽堂並排而立。

22.鴻儒堂書店：位於兒玉町。精通臺灣相關書籍。位於野田書房附近，離賣新書的南門書店也很近。此店由黃次俊先生創立於一九三六年，傳子再傳至孫兒黃成業，至二〇一六年已八十年。也有自家出版事業，是戰後臺灣最老牌權威的日文書籍、教科書專門店。

隨著戰爭情勢升高，政治力開始介入古本書業。日本政府透過書店做思想管控。例如：臺北古書籍商組合於一九四一年三月二十八日召開定例總會。議事結束後，延請南警察署特高課下東高等刑事演講「關於發禁書籍及防諜書籍相關協力工作」。

日治時期臺北警力部署大約是以舊臺北城的北門為分界。北門以南的城內及其城南範圍歸「臺北南警察署」管轄；特高課，即所謂「特高警察」，主掌危險思想、外籍人士、勞工運動、言論思想等管制，可說是一種思想警察。[1]

但不論是「舊書鋪」、「新書店」或「古本屋」，由於戰亂與時代動盪，「終戰」像一把切斷命運的無情刀，一刀兩斷，這些日治時期舊書店大多數沒能延續經營至今。

1 文中日治時期資料取材自沖田信悅《殖民地時代的古本屋　樺太・朝鮮・臺灣・滿洲・中華民國——空白的庶民史》。

今日臺北舊書店的風貌與血脈，其歷史傳承應該上溯至戰後的牯嶺街。

牯嶺街一帶在日治時期屬於臺北城南區，這一區非商業區亦非行政中心，經過日人開發後成為文教住宅區，蓋了不少機關建築與日式宿舍。日本人離開後，被政府、國民黨機構、官員及移入者接收，部分變成黨、國機關與公家宿舍，總之，仍維持一文教住宅區。

一九四五年日本戰敗後，住在臺北的日本人被遣送回國，因為嚴格限制帶上船的家私數量，只好把家裡收藏和漢文書、線裝書、報章雜誌、碑帖字畫、骨董、文物，乃至家具、衣服、雜物等，擺到牯嶺街一帶販售，大量舊書舊貨出籠，使此處竟成一臨時買賣舊書市集。

日本人回國後，舊書市集並未消失，轉由臺灣本地人及一九四九年後渡海而來的外省人接手。生活水平較差及缺錢急用的外省人會把帶來臺灣的古舊書變賣，使得牯嶺街兩側的舊書攤越來越多並蔓延至南昌路，連手推舊書攤車都出現了。不但家境清寒的學生來買二手教科書、課外讀物，知識分子來此蒐集珍本、絕版書及難得的日治時代文史資料，甚至外國觀光客、學者、美國學術機構委託的獵書家也專程來尋寶，往來滔滔，摩肩擦踵，牯嶺街遂成為著名舊書店街。

牯嶺街盛況一直維持到一九七〇年代中期。一九七三年四月，臺北市政府為了整頓雜亂市容、改建人行道及排水工程並拓寬馬路，把牯嶺街舊書攤商五十八攤遷移到東區八德路與新生南路口光華陸橋之下，一棟借用橋下空間而建的兩層樓建築，稱為「光華商場」。為爭取空間，一樓部分是往地面下挖掘建造，所以一樓成了地下室。

而牯嶺街經此整頓，果然清明幽靜許多，頗適合高官貴人們安居樂住，但一個可能可以比擬北京琉璃廠、東京神田區的舊書店文化街區從此消逝無蹤，時至今日，街上只剩零星三兩家呈半歇業狀態的老書店供後人緬懷了。

八德路、新生南路口在今日是車水馬龍交通繁忙之處，然而三、四十年前，那裡是臺北市區東界邊緣，舉目望去，稻田菜園比樓房多，野狗比汽車多，商業活動不熱絡，遷移至此的舊書攤能否存活，要看個人造化。比起以前在牯嶺街，總算可以擋風遮雨。但是躲進橋下，侷促擁擠，悶、熱、髒、亂、暗，仍然是一個攤販格局。商場呈南北長、東西窄，被拉長的「口」字型格局。走道居中，兩側賣店，繞行一圈可回原點（不知為何，我總習慣以南端正門為起點順時鐘方向逛去）。幸好隔鄰就是臺北工專，方圓三公里內還有幾家高中，可以做學生及老師的生意。但是目標客群改變，註定光華商場未來轉型的命運。

首先由玉器、骨董店攻入商場二樓，年輕人最喜歡的唱片行攻入一樓，並逐漸擴充店面。隔鄰是工專，為了做工科學生生意，音響零件、電子器材行逐步攻入二樓取代玉器、骨董店。資訊工程與電腦業崛起後，電腦遊戲、程式、圖庫題材軟體店、3C資訊業取代電子器材行，盜版動畫、禁片錄影帶進入唱片行，甚至在大門、側門口有疑似幫派小弟販售盜版軟體、無碼AV片。還有一位長髮高瘦年輕人終年累月開著小貨車停在商場門口，逢人兜售第四臺解碼棒與望遠鏡。與賣香腸阿伯同為商場外知名個體戶。

色情光碟與盜版軟體賣得太暢旺，警方加強取締，風聲吃緊，小弟會帶客人偷偷摸摸溜進商場公共廁所交錢取片。商場鄰旁大樓裡則躲藏多家成人色情光碟店。曾經有段時期只要提起A片，就讓人聯想到臺北光華商場。這些變化一一衝擊舊書店生態。

舊書攤商由七〇年代的五十八家，一度增加到八〇年代初的八十家，之後走下坡降至二〇〇三年的二十六家。一方面是老店主凋零後繼無人，一方面是電子電腦業走紅，店面承租權利金與租金高漲（聽說光是轉租出去，租金一年可收臺幣一百二十萬元），既然後人不接手，把舊書店面頂讓或轉租退休，也勝過勞心勞力空守冷攤。老闆們與店裡雜亂紛紜的二手書一樣，形形色色。有的年輕，有的蒼老，有斯文寡言，也有江湖海派。長得像李登輝的戽斗老老闆、總是坐在一起看店的老夫婦、喜歡和鄰居鬥嘴說黃色笑話的胖胖開朗女老闆、養一頭兇巴巴博美狗，罵起人來操訐落譙的美豔性感女老闆，這些人永遠留在我記憶裡。

「光華商場」逐漸由舊書市場代名詞轉變成電腦資訊零售業代名詞，還號稱是「臺灣秋葉原」。書蟲退，宅男進。換個角度看，或許這也是時代進步象徵？

進入二十一世紀後，臺北市政府認為，光華橋橋梁結構已劣化成了危橋、量體龐大妨礙都市發展、不利區域交通、又老又醜有礙都市景觀、當初蓋陸橋為了要跨越的鐵路也老早拆除，失去功能，所以於二〇〇六年一月二十九日拆除光華陸橋，所有橋下攤商先安置於一旁臨時鐵皮屋，同時政府於周邊覓地興建新商場大樓。二〇〇八年七月十九日，新大樓「光華新天地」落成啟用，在臨時鐵皮屋內窩了兩年半的攤商終於搬進時髦寬敞的大樓。然而，經過這幾年搬進搬出折騰，舊書店一間接著一間關閉或轉讓，最後，能夠躋身於新潮電腦3C科技產品中，繼續於「光華新天地」經營的二手書店家，寥寥四、五家矣。增刪此文之時（二〇一七年一月），落成八年的光華新天地大樓內只剩三家舊書店：文豪、海川、藝園，其中的「藝園」已準備結束營業，正進行八折特價清倉。

舊書業雖然不好做，懷著夢想、理想、興趣前仆後繼開業的人始終沒少過。從牯嶺街到光華商場的歷史過程中，有店家搬出既有商場另謀發展；有人向親戚學習收賣舊書技巧後到他處創業；有人買書成癡也開起書店；有的由第二代接棒用新時代觀念認真經營；有的打破傳統刻板印象，利用新書店的裝潢、咖啡店的飲料點心、藝廊的文化活動理念來開新式舊書店。

雖然牯嶺、光華一脈已經凋零，但舊書店業卻開枝散葉，逐漸在臺北市各個角落生根、茁壯。尤其師大、臺大周邊及公館一帶已形成二十一世紀舊書店密集區。

當然整個大臺北地區並非只有牯嶺、光華、公館才有舊書店，在小鄉小鎮、海濱山巔，市場裡、廟口邊、騎樓下，也有各式各樣不知其數的舊書攤、店生生滅滅、自開自落。可惜無人記錄，大多已不可考。

臺北舊書店發展至二十一世紀，有傳統老店，也有時髦新店；有的秉持家傳舊制、有的導入商品進銷存帳系統；有的單打獨鬥、有的集團化；有的坪數不大，布置簡單明瞭；有的空間寬敞，裝潢精美雅緻附有亮麗公用廁所。各店有各店性格，各店有各店風景。逛舊書店又變成學子、文人、讀者樂於其中的休閒活動。今日臺北舊書店，已不復當年落魄窮酸樣，有幾家店甚至可以刷信用卡消費，其進步可見一斑。發展至這階段，只差成立同業公會了吧？

進入網路時代後，所有行業不可避免牽涉其中。上世紀九〇年代中後期起，電腦與網路科技成熟，舊書業者善加利用，一方面在網路上建立專屬網站、部落格（BLOG）及社交網站如臉書粉絲團、噗浪等與顧客交流溝通；另一方面也加入大型拍賣網站如奇摩、露天、讀冊等，把書本資料上傳拍賣，開闢新的通路，開發新客源，生意可以拓展到香港、中國、甚至世界各地。逸品珍本上網勢必引起買家爭奪，往往屢創拍賣新高，造就書迷們口耳相傳的「夢幻逸品」，增添不少茶餘飯後的談資。而網路成交價又反過來影響實體舊書店，常有書店老闆不知如何標賣某書書價，上網查詢網拍成交價歷史資料做參考。

網路這低成本的便利工具也讓某些人激起雄心，捨棄實體店面，改而經營虛擬舊書店，以節省成本。而收藏家、書癡淘汰藏書也不一定只能送到舊書店，勤快上拍賣網自行賣書是一條新途徑。但逸品珍本若全搜刮一空送到拍賣場，易導致實體舊書店無寶可淘的窘境。讓習慣逛書店的老書蟲發出今不如古、逛店無趣之嘆。這是網路衍生出的新問題。

舊書藏家、發燒友、書癡們也懂得利用網路串聯，開設部落格寫淘書文章及書話，加入噗浪、臉書等社群傳遞舊書情報、展示藏品；實體舊書店逛不夠，還要動動滑鼠進入茫茫網海尋找拍賣的二手書、舊書，頗具泥沙俱下、從中淘金撈寶之樂。人在家中坐，珍書網上來，不必出門、不必見店主、甚至不必見到書也能買到書，這是前代藏書家們作夢也想不到的劇變。舊書文化革新運動已在網路上興起。

自一九四五年起算到一九七三年被迫搬遷，牯嶺街書攤時期約為三十年。自一九七三年起算至二〇〇六年拆除光華橋，光華商場舊書店時期亦約三十年。之後，光華時代結束，轉入臺、師大暨公館一帶舊書店密集區時代。惟現代人不太讀書買書，更喜上網訂購，傳統書店一家家收起，新、舊書店前途堪慮。衷心希望此二十一世紀舊書店區至少再有三十年盛況榮景，讓我後半生有個心靈依託。三十年後，我已老衰，屆時紙本書或已無人聞問，與我同朽？或未來藏家視紙書為骨董，熱情追捧？我亦不能得知。但我相信，惟有舊書業繁榮興盛方能成就一座偉大的文化城市。

藏書家的虧心事

藏書家在地老天荒的藏書生涯裡，眼中所見不只有書，難免還要「見自己（的老婆）、見天地（書店老闆）、見眾生（來借書）」，以有限資源追求無限標的，免不了要使出鑽天入地，瞞天過海的本領，因此不得不幹出虧心事。

藏書前輩曾說：「所謂藏書家，就是擅長把書偷偷帶進家裡藏起來的人。」淪落到需掩人耳目、躲躲藏藏，騙過老婆、爹娘、家人的眼睛，理由很簡單，因家中已書滿為大患，早已被一家老小嫌棄，告誡少買或根本別買書。但對於有癮的書癡來說怎可能？當然要非法偷渡。只要設法把新買的書帶進門混入現成書堆裡，如同在垃圾山裡多放一包垃圾，不可能被人查覺。

偷渡方法很多：

1. 明修棧道法：正大光明拎著一袋書，壯著膽子對老婆說「我幫朋友買的」、「朋友借我的」。但前提是，你必須真有一個同樣症頭的書癡朋友，而且必須先套好招，否則老婆真打電話去求證，穿幫難看矣。

2. 暗渡陳倉法：放棄購物袋。一本兩本，偷偷塞進褲襠（缺點是形狀不好看）、冬天大衣裡（需夾極緊）。三、四本，硬塞入公事包。非常多本，建議先找個安全地點暫放（例如辦公室、玄關鞋櫃），再化整為零，一本兩本偷帶回家。

3. 「天賜良機」法：趁老婆不在家，例如加班、聚餐、逛街、回娘家等等都是天賜良機！只要時間抓好，就可大大方方將書登堂入室。

藏書家之所以常被家人訓斥，除了藏書嚴重侵犯生活空間之外，另一原因是花太多錢。怕挨罵，只好謊報書價。例如，從大書店買的全新書，謊稱在二手書店用六折買的。在二手書店用六折買的一疊小說，謊稱是出版社五本三五折拋售回頭書。灰頭土臉的珍本，二百五十元的謊稱五十。上網拚老命砸五千大洋搶標奪下的夢幻逸品，謊稱只花臺幣二百而已。

不過這種把戲可不能常玩。曾經發生過人間慘劇：一位藏書家老婆老早就想清掉家裡不順眼的破爛書，趁老公出差，請舊書商來家估價賣了一批。待老公回家時，欣喜邀功：「我很會做買賣吧！牆角那堆爛書，還有不看的報紙雜誌，賣了五千！五千耶！」藏書家當場只想死，那堆爛書光是一本就價值五千啊。

藏書家在書店、圖書館能做的虧心事，最糟糕就是偷書、割書。尤其古籍珍本的插圖、地圖、照片，精工細緻如藝術品，歐美常有不肖之徒偷割去拍賣市場變賣。此外，還有塗改二手書標價，或者把甲書低價標籤拆下來貼到高價乙書上，此皆落入下流，破壞藏書之「雅」，無資格當藏書家。

珍本書是藏書家的命根子，絕不出借。日久情深，他連普通書也不肯借。親朋好友來借，即使是市面不難找的書，也想婉拒。只好撒個小小謊：「抱歉，我沒有這本書。」所以，在此呼籲，書還是自己的讀來才親切有味，請朋友們別再找我了。呵呵。

（原載二〇一四年七月十三日《中國時報》人間新舞台）

藏書家的孤獨心事

藏書家註定是孤獨的。

藏書家和其他品項的收藏家本質上並無太大不同，但是相形之下卻孤獨許多。

藏書家在家人面前是孤獨的。從爸媽到配偶到子女到三親九戚，沒有一個人能夠理解為何一個人可以買下這麼多書？天天買、週週買？新書也買、舊書也買？住家扣掉家具、電器、牆壁就剩小小幾坪空間竟可以堆這麼多書？滿坑滿谷的書山書牆，視為奇觀，視為精神狀況輕微失常的表現。家人早晚會醞釀出一個縱橫古今中外，終極必殺問句：「買這麼多書，你都讀過嗎？」

藏書家在同事、上司面前是孤獨的。士農工商，後面三大項職業的從業人員一般不太主動看書，更別說還藏書。在淪落世間三百六十行討生活的藏書家眼中，公司同事與上司沒有一個可以與之談論藏書話題。至於士，即今之知識分子，俗稱「讀書人」，至少也大專畢業，學歷達碩士博士，用功更勤者且可在大專院校任教。與書的關係最為密切。但現代學術採專業分工，學者大都只讀研究領域專業書，通常對於不同學術領域知識沒興趣，也沒那個閒工夫讀，更不想藏。而不學無術的「士」也在所多有。士與士見面，連學術問題都難得討論，更何況談藏書。

藏書家在普通朋友面前是孤獨的。即使不懂名錶的外行人，看到鑲鑽的大顆「螺雷」也知道一定很貴，恐怕要上百萬元一只。即使不懂什麼是今年最流行的貴婦包，只要看到那幾個圈圈叉叉MARK及英文字母，也知道這些包包不便宜，都要十幾或幾十萬吧？而藏書家，只有頂到天花板的大書架陣勢可以嚇嚇人，真把壓箱秘藏的珍本稀本海內孤本拿出來，說穿也不過就一本爛書，一般人哪知道它有什麼價值？

藏書家在女友／男友面前是孤獨的。女友／男友希望你的興趣只能夠在她／他一人身上，怎麼可以分心在別的事物上。一般是希望你戒買書。即使認同藏書是你的小小興趣，也不希望你把大好時間與金錢浪費在這些書上。與其逛書店，不如先去逛街。就算恩准可以逛書店了，女朋友沒有耐性催你快走；男朋友則是在你身上毛手毛腳、東摟西抱讓你無法專心於書架上。這還逛什麼逛？

藏書家在逛舊書店時是孤獨的。藏書家很不習慣與朋友結伴逛書店。大家的興趣不同，可能連逛哪一家書店都有歧異。即使興趣相同，然而逛店各有各的節奏，有人細挑，有人快瞄，有人要本本取下端詳，有人只看書脊即可判斷，動作快的要等慢的，慢的不好意思讓快的等，大家都痛苦。試過幾次之後，索性一個人逛就好。

甚至藏書家在藏書家同好面前也是孤獨的。我收藏的珍本，你沒有。他收藏的絕版本，我沒有。我擁有這本夢幻逸品的快樂，你可以揣摩，但無法分享。同樣，你的快樂就是你的，我也無法同感。如果我有、你有、他也有、大家統統有，反而大家都感覺不到快樂，因為那本書已經不是珍本了。

所以，藏書家註定是孤獨的。

（原載二〇一四年三月《藏書之愛》雜誌創刊號）

好像有又好像沒有的藏書

愛書人逛書店時，常生一困擾：眼前這書想買，但好像已有？又好像沒有，呃，我到底有沒有？此症頭尤其易發於早期記憶退化患者與只藏書永遠來不及讀書的藏家身上。

前天逛城中某專賣簡體字書店，看見一冊清人楊賓著《大瓢偶筆》，浙江人民美術出版社，紅豔色硬封面精裝，繁體直行排印，字大行疏紙白，為該社「中國藝術文獻叢刊」之一種。想買，只是，我似乎買過？這文獻叢刊系列目前大約出版十幾二十多種，我已經買下幾種，每本裝幀外觀一模一樣，只是書名與厚薄不同而已，實無法憑外觀回想買過否。

機警聰明的我心生一計，直接拿去櫃檯請店員小姐幫我查會員購書紀錄，不到二十秒，電腦告訴我，沒買過。聞之大喜，放心大膽購入。回家後，隨即於臥房書櫃發現這書好好地與同一叢刊的兄弟《長物志》、《庚子消夏記》並立。書中幾頁甚且有我親筆圈點眉批。怪自己推理大誤，雖然未曾在這店買，但可能買於他店啊。

除長相一樣的系列叢書外，最容易混淆的是相似書名。例如詩人畫家蔣彝先生一系列畫記，圖、文典雅可喜，均以「××畫記」為書名，其中《倫敦畫記》與《牛津畫記》，倫敦、牛津都在英格蘭，且相隔不太遠，我從來就沒搞清楚哪本已有，又或者都有。甚至還有《愛丁堡畫記》也是位於英國，若再加進來腦袋更混亂。（託各位書友之福，湖區、倫敦、牛津、愛丁堡四冊已收藏）

同一作者分冊販售的全集也頭痛。例如風雲時代出版《魯迅作品全集》共三十六冊，從舊書店零星買入，其中有《且介亭雜文》、《且介亭雜文二集》、《且介亭雜文末編》，還有《集外集》、《集外集拾遺》，這哪搞得清楚誰是誰？

為了對抗記憶力不足，在此謹獻曝消極與積極兩法。消極法裡，又可再分消極與積極兩法。消極的消極，就是隨身帶小抄。例如魯迅作品全集，我先調查哪幾本未收，將其系列編號抄在小紙片，放入錢包隨身攜帶。只要遇到可疑者，立馬掏出錢包，不是付帳，而是查對小抄。只要小抄有的就是中了。此法簡單但最笨。

消極的積極，是建立藏書完整清單。必須全面普查，一一建檔，做成電子檔案，存在智慧型手機內，即可隨時查對。說起來簡單，但很難。書山籍海，欲普查建檔，談何容易！簡直不可能的任務。恐怕要聘請幾位工讀生搬書打字。藏書家只管買書，至若書籍管理等雜務瑣事，他是不幹的。

至於積極法，簡單程度可能各位不相信，那就是親近每一本藏書。書買回、上架前，多花心思了解它。識它為新朋友，它的封面、序文、目錄、內頁編排、插照插畫等等都摸一摸、讀一讀。光是這些外部文本就足夠顯現一本書的性格。只要混熟，印象深植，自然記得。

不過，上述諸法至今我也只做到小抄法。對於《大瓢偶筆》案例，我不但積極親近，還圈點眉批，為何還會重複購買，我也無法解釋。只能歸於藏書家的宿命？

（原載二〇一五年三月八日《中國時報》人間新舞台）

藏書家的宿命

前文提到「藏書家的宿命」，一位眷戀舊時月色、深諳藏書三昧的老前輩讀畢，喟然嘆曰：「吾輩書人，藏書道上遭遇橫逆，往往無從解釋、難以言狀，不得不歸於宿命者，何止一端？盍申述之？」謹奉命草成此文，列舉「宿命」幾則，讓有志於藏書之道的朋友心生警惕，早作準備。

一、藏書家的書包註定要升級換新。

學期剛開始時，大學教師們開列課本及參考書目，就讀大一的女兒又瑄要我陪她上舊書店買二手原文教科書。跑了三家店，買了五本書，才走兩步路，她就皺眉抱怨：「背包裝書好重！」我當然知道重。

藏書家可是常常得在不吃不喝不休息的狀況下，揹著幾公斤重的書滿街跑。如果當天收穫豐盛，例如買到全套《資治通鑑》或《蜀山劍俠傳》，還得兩手各提一落呢。書

終於被壓壞的書櫃。

很沉，密集操勞壓迫下，常導致書包破損、揹帶斷裂。這幾年我已經揹破一個「一澤信三郎」、揹斷一個美國FOSSIL大書包。看著或「殉職」或「工殤」的包，不得不興嘆：「包猶如此，人何以堪？」

即使保養得當，細心呵護，惟書包永遠裝不下剛買的書（複數），遂持續升級材質更強韌、容量更大的書包，不知伊於胡底。

二、藏書家的書架註定要更新與追加。

書架辛苦的道理與書包一致，只是書架的命更硬，工作一輩子不得休息，除非主人喜新厭舊把它換了。看似堅實的書架也是會壓壞。當書架被壓壞時，書如竄流惡水，灑滿一地，辛苦建構的秩序崩毀，真是惡夢。書架數量與藏書慾念成正比，永遠不夠用。要牢記，買一本書不只花錢，還要考慮對應的書架成本與儲藏空間成本（也就是書房永遠不夠大）。當家裡再也沒空間擺新書架，表示該換新房了。

三、藏書家註定被問到的問題。

譬如：「你收藏這麼多書，都讀完了嗎？」更壞的是：「你根本（到死也）讀不完，有必要買這麼多書嗎？」「這些（指英、日文等外文書）你又讀不懂，為何要買？」面對提出這些問題的人，我只能祈求上帝憐憫他的無知。

四、藏書家註定富不了。

藏書家一有錢就買書，沒錢也要典衣買書。註定富不了。闊綽豪氣的藏家多半是致富後才開始玩收藏。當然有人把珍本賣了好價錢，狠賺一筆，然而，這種傳奇一輩子難遇一次。傳說中的稀世絕版詩集，網拍成交價大約兩三萬元。加碼算五萬好了，然而，以當今高物價低幣值環境看，五萬元算啥？只能買到六分之一個柏金包。確實有人專事蒐尋倒賣奇書謀生，但那是「書商」、「書探」，又是另一路數。

五、藏書家的終極宿命：註定與所有藏書告別。

人壽有限，當大限來臨那天，不管怎樣溺愛寶愛的藏書，終究要永別。我頗能體會秦皇漢武求永生的心情。世上所有藏家都應有相當的覺悟。好的藏家能夠完妥規劃藏品未來歸處。更好的藏家是能親自完成這事，不過，把書送走的那天起，他又開始買書了。這就是宿命。

藏書之痛

任何領域任何收藏家不論願不願意，總有一天會把心愛藏品局部或全部處理掉。可能送人，也可能轉賣。世上只有少數幸運兒可無止盡地藏而不出。

除了參加有河book及野書會的一日古本市活動，與零星網拍之外，我的藏書只賣過兩大批：一批賣給石牌的舊書店，約兩百多本；一批賣給臺電大樓旁某家新開張舊書店，將近三百本。

擔任一日古本市主人擺攤賣書是為了好玩。但賣書給舊書店，卻是不得已。一般人清理藏書基於四大不得已：興趣起變化、搬家帶不走、書櫃不夠用、現金不夠花。四項我占了前三項。

當初搬家並未把藏書搬完，大約一千多本書還囤著。人去樓未空的舊家不賣不租，變成倉庫。而新家書房雖寬綽，這幾年也沒閒著，持續收納新進藏書，源源不斷，容量幾達上限，家人碎碎唸，今後要持續收藏都成困難，更何況舊家還堆著千本書。

於是慎重考量如何取捨這千本書：

因收藏方向已變，讀書口味已改，對於某些人、物、主題失去興趣，這類書不需再藏；有的長期以來沒想找來讀、或短期之內不會再讀；有些自買來從未查考利用過；有些太常見不見得要存在家裡。上述都可以出清。

例如三國歷史研究（史學、小說、人物）、軍事歷史、謀略學、商業管理學、中外歷史讀物、帝王將相傳記、中共黨史與毛周鄧傳記、佛學、命理、部分歷史小說、心靈成長等等，曾經很瘋魔地買購收藏，甚至認真讀閱，圈點眉批，如今回首望去，只覺物換星移人已老。看著這些書，想起我也曾有過經世致用之志，企圖以兵學謀略、帝王統御術來開展事業人生。但經歷職場浮沉、社會磨難，這個汲汲於事功的我逐漸消失。如今知平凡是福，無事即神仙，轉讀閒書、雜文與「八卦」，只想做個湖海袖手人。

兩家舊書店老闆都是好友，基於友情贊助與支援，才願把書賣給他們。但想到清掉的幾百本書，難免心痛。雖然不是珍本逸品，但當初買下每一本書，都有一個專屬的理由。每一本都是我從新、舊書店或網路書店親自精心挑選，整理上架。有的要逛過十幾二十次書店才僥倖買到；有的先買到下冊，過了一年半載才找到上冊；有的是全套買下，雖然過癮，但是肩膀需像鬼壓似一路撐回家。回家後還做成購書帳建檔，並親筆於書頁寫上何年何月何日購於何處。閱讀時又是紅筆圈點又是眉批，放入真感情。怎如此輕易揮別！

然而這幾年來，這些書堆疊在不見天日的舊家書房內，沒有被主人翻讀呵護，肌膚相親，在各種不可知外力侵蝕下，終有毀壞之一日。那麼，將他們託付給舊書店，得以尋找下一位主人，再創第二春第三春，對於書與人，都是更好的結局。

也只能這樣安慰自己了。

（原載二〇一二年七月十五日《中國時報》人間新舞台）

現代書房小清供：藏書家必備道具

所謂書房，除了桌椅，當然需有幾座架、櫥、櫃，其上陳列書而非洋酒，才成書房的樣子。但有櫃有書的房間，在藏家眼中，尚不夠完備。古代雅士講究「書房清供」，指陳設於書房的器具、筆墨硯紙及其周邊用品如筆架、臂擱、紙鎮、筆洗等小物。現代書房不見得需備這些擺設，但仍需幾件小道具以維管藏書。

首先，一定要有一支雞毛撢子。

灰塵這東西滿微妙，有如銀行貸款利息，明明看不見它，卻定期生成累積，越不管它還積越多。你以為把書房搞成密室就可杜絕，無奈再怎麼密終究徒勞，它簡直「隨風潛入室，覆物細無聲」。既然無法圍堵，只好勤勞撢除。書脊、上切口、書架承板處面積不大，書與書櫃間小縫隙多，均易積灰塵，故雞毛撢子不能太大以便使轉鑽營。若備有一大一小則更佳。

便於使轉鑽營的小雞毛撢子。

有時從舊書店淘回來老書滿布塵埃，厚到已將封面顏色遮蓋，彷彿孤絕遺世超過半世紀。這樣的書先不急著上架，可以先後用乾、濕抹布擦拭。嚴重者以藥用酒精伺候。完工才發現，原來書封面不是灰色，而是深黑色啊。

書頂上、底下切口與書口三面暴露在外，特別容易積灰、變黃、泛斑點、沾上蟑螂尿，可選用粗細不同等級的砂紙，磨除劣化表層，回歸紙本原色。不過，磨好後，細屑成為新灰塵，又得用雞毛撢子撢一撢，所以我常在戶外作業。

老派舊書店在書內頁寫售價，新派二手書店在封底貼上售價標籤紙。這張小標籤黏很牢，勉強撕容易失敗，讓書更醜。可於文具店買得專用去標籤水，係化學溶劑，將之刷塗於標籤表面，藥水會穿透紙面分解背膠，靜等兩三分鐘即可輕鬆撕掉，真乃書房聖品。但也有藏家故意不除標籤，認為那也是舊書的一部分，有如身分證。

近年小標籤已進化，部分二手書店為了電腦作業管理，採用三乘四公分見方大的貼紙，每張印有條碼並打字記載店名、電話、賣價、一連串密碼般的數字、書名與註記。化學藥水無法處理這種貼紙，應該用吹風機以熱氣烘之，將背膠烘熱軟化，再謹慎剝下。新書封面上常見被書店任意貼上，寫著「七九折」、「××文學獎」、「特價」圓形、方形的醜陋標籤也是用吹風機處理。

為了保護老舊書脆弱的封面，或者預防蟲蛀、濕氣、外力侵襲，可將整本書封入夾鏈透明塑膠袋。香港藏書家林冠中兄曾教我，書入袋後不要密封，即使蟑螂在袋口上爬亦無妨（想起來好毛）。密封反而關入濕氣對書不好。他每本藏書都入袋保存。每一本。

古人有焚香伴讀的雅興。香氣使人舒爽，亦可驅蟲。今春東京自由行，於晴空塔商場內，三百五十年老店鳩居堂門市購得「防蟲香」一組。此香略泛中藥味，放置密閉櫥櫃內可驅蟲。惟效力僅六個月。專業譯者、書物專家陳建銘兄曾教我，把市售香菸拆開，取出菸絲，置於小盤放在書架上亦可驅蟲，據云效果以國產粗菸如「新樂園」等最佳。

美工刀與隱形膠帶（Magic Tape）可簡易修復書封面、底、書脊、內頁斷裂破損。

當然，以專業角度看，隱形膠帶不是最佳修書材料，長久甚至可能損傷紙張，但外行人修外行書，並非搞古籍修復，也可以了。此外，美工刀還可刮除書上蟑螂脫殼、乾扁蠹魚屍、割開包書膠膜，平日藏身書房，收納方便，隨手可得，真不愧是十大文具之首。

（原載二〇一五年八月二十三日《中國時報》人間新舞台）

書歸何處

世上所有藏家都應覺悟：人壽大限來臨那天，不管怎樣寶愛的藏品，均要與之告別。好藏家能夠妥善規劃藏品未來安置，更好的藏家是能親自完成這事。但是，絕大部分藏家倉促一走了之，再也不能知藏品去處。

將來書歸何處？古代藏書家們都思考過這問題，大多天真地期盼後代子孫永遠收藏。從古籍藏書章印文即可得知：「子孫永保」、「子孫益之守勿失」（祁承㸁），殷切叮嚀，千萬交代。甚至有「如不才，敢賣棄，是非人，犬豖類，屏出族，加鞭箠」（王昶），根本是威脅恐嚇。但效果如何，大家都明瞭。俗諺「富不過三代」，「藏」也難過三代。

另一方案是捐給學校、公私圖書館或政府機關，私書歸公，化為大愛。甚且動亂時代尚可藉以躲過兵火與文革。文教機關必然愛書、護書，然而，先要走繁瑣行政程序，收藏需經審核，他們不見得能收願收。即使書捐進去了，不見得能永久保存。除非你是來頭特大的知名政客、教授、作家或什麼家，機關可以幫你設紀念特藏室。查我國圖書館法第十四條：「圖書館如因館藏毀損滅失、喪失保存價值或不堪使用者，每年在不超過館藏量百分之三範圍內，得自行報廢。」人力、經費、空間有限，一旦納入館藏，一視同仁，各機關當然依法進行圖書淘換與定期報銷。所以我們常在舊書店見到圖書館淘汰報廢的書，上面還印有某某人捐贈字樣。

賣給舊書店換現金也很好。書從書店來，回歸舊書店，再流去另一愛書人的書架，書緣再續，美事一樁。只是當初節衣縮食一本本捧回家的書，要秤斤論疊賣掉，著實不堪。在意的不是那筆小錢，而是買、賣差價如天堂地獄之距，彷彿否認書的價值，亦間接否認書主藏書生涯的價值，等於羞辱書主本人。但舊書業生態天生如此，我們廉價買得的二手書，也是這般「羞辱」前任書主而來的。算是報應。

如果檔次夠高，屬古籍善本或民國珍本等級，還可送拍賣公司鑑價，登上國際拍賣場，拍得好價錢。如果檔次太低，連二手書店都懶得收，只好送資源回收廠，還魂再造。是的，別天真以為二手書店什麼書都收。

能夠從容處理藏書，還算是好下場，最痛苦的是，為環境逼迫不得不倉皇棄書。二〇一五年四月二十一日報載，因租賃房間係違建即將拆除，臺北市六十六歲獨居聽障人賴老先生被迫另覓住處，經各界熱心協助雖找到新居，但數十年來累積藏書兩三千冊包括作家沈從文、袁瓊瓊、李昂、蘇偉貞、陳玉慧等著作，及英、日文、大陸簡體字書、

CD唱片、DVD等，無力搬進新居，願贈給愛書人。揭露後網路公司「讀冊生活」願協助上網拍賣，熱心人士組成義工團排班打包清運。事情圓滿解決，但被迫棄書的痛苦，惟割肉刮骨堪可比擬。即使被逼到絕境，賴老先生剩下一點點心頭肉絕不肯放，他對收書志工說：「張愛玲與尼采不能收走！」那是他最後的執著與眷戀，此生最苦的書之愛。

（原載二〇一五年八月二十三日《中國時報》人間新舞台）

第二輯
人間書話

人與書的流轉：《文鏡與文心》

我逛舊書店，一向比較在意閒書、雜書，所以這本書起先沒有引起我注意。從書脊來看，書名《文鏡與文心》，又是黎明文化出版，感覺應該是一本教導人怎麼寫文章的學術書。只要是學術書，難免枯燥乏味些，我常常跳過不觀。不過，這天彷彿冥冥中有一股力量驅動我把它從書架上取下。

取下後，前翻翻，後看看，前後對照，遂看出這本書的門道來。當場評定，這本書就是今天淘書的最大收穫！

此書作者陳耀南先生，一九四一年生，廣東新會人。在香港大學完成碩士及博士學業。曾在「英華書院」中學教中文，藝人許冠傑是臺下學生之一。一九七五年起任教港大中文系，一九八〇至一九八一年至日本京都大學擔任客座。一九八四年底升任港大高級講師。曾兩次來臺灣任客座。一九九六年自香港大學退休，即移居澳洲雪梨，並信奉基督教。退休後並未得閒，寫書、講習、參加電臺節目、擔任文藝比賽評審、參與基督教活動等等頗為活躍。武俠大師梁羽生二〇〇九年在澳洲逝世，親友召開追思會，即由他代表家屬致詞。

陳教授曾以「梁山」為筆名，著作等身，有《文鏡與文心》、《典籍英華》、《陳耀南讀孫子》、《讀中文看世界》等數十種。除教育工作外，還擔任過中華民國第一任僑選立法委員。

我在此書前後扉頁上發現不得了的東西。書前扉頁有陳耀南教授親筆題簽：

> ××好學深思，是夕攜此，謂得之臺南書店。再逢舊作，恍似重遇故人，爰書數語，一傳感慨。當年亦未嘗夢及退休數載猶來此間也。××同學采覽　耀南
> 二千零一年中秋之夕，中正大學中文系

寥寥幾句，道盡書與人各自的身世流轉與重逢，清麗潔簡可抵一篇明人小品。

這段題簽內藏幾個資訊，可以追究一下。

《文鏡與文心》於民國七十六年（一九八七年）四月由臺北黎明文化事業股份有限公司出版。全書三五八頁。收陳教授「近幾年來發表於一些研討會和學術刊物的文章，內容以古典文學評論和近代學人研究為主。」共十九篇。

書封面折口處介紹作者：「（民）七十五至七十六年，應行政院國科會聘任中興大

學客座正教授。」故題簽中的「當年（亦未嘗夢及）」即指擔任中興客座與出版此書的民國七十五、七十六年。教授於二〇〇一年八月又回到臺灣，任教於中正大學中文系，題簽所署「二千零一年中秋之夕」，那年中秋節是陽曆十月一日，距離陳教授來臺也才一個多月。

同學淘得此書的臺南書店是哪一家呢？答案就在封底的扉頁，其上貼了一枚小貼紙，上面印著：「舊書買賣　金萬字書店　臺南市忠義路2段6號」，是了，原來此書係淘自老牌舊書店「金萬字」，扉頁右上角還用鉛筆寫了「90.'」，應是售價。

陳教授重回臺灣校園，與十多年前在臺出版的舊作重逢，他鄉遇故書，一時起了流轉之慨。人流轉，書亦何嘗不是流轉？此書一九八七年於臺北出版，不知何故流入臺南舊書店，復被學生淘得，攜至嘉義中正大學請教授題簽。將近十年後，此書不知又因何機緣，竟流入臺北某舊書店被我淘得。總計二度進出舊書店，行跡從北至南、又從南至北回到「出生地」，一本書的身世和人的一樣精彩。將來此書還會流至何處？我亦不能夢及。

（原載二〇一〇年五月三十日《中國時報》人間新舞台）

《脫走女子》飆網路

這是五月下旬發生的真人實事。

我忝為名作家愛亞小姐於社交網站臉書（Facebook）的三百四十三位朋友之一，實則素未謀面，她也不太清楚我這小輩是誰。五月二十一日中午，愛亞小姐在臉書上貼出一個連結，連到某網路拍賣場，顯示商品正是愛亞小姐舊作《脫走女子》。愛亞留言給眾友，這本的裸女封面已絕版，當年讀者反應保守的爸媽一看到裸女封面就撕書，於是爾雅出版社只好把存書裸女封面扯下，改裝成「抽屜」封面。

看到這則訊息，我眼睛大亮，原來這本書背後有故事，犯過禁忌啊。大凡原版封面若因某些因素被出版社毀棄不用，則先前配有那原版封面的書仍能流傳世間者，正是藏書家們覬覦的目標，豈能錯過！我沒有考慮，趕忙點入連結，衝進賣場，以直接購買價把這本《脫走女子》標下。只用了幾分鐘時間。

因為我的動作過於奇速，故把幾位也想得到這本書的網友惹「哭」。他們發現訊息貼出短短十分鐘內，這書就被人標走。在線上的愛亞小姐也驚訝不已。我趕快出聲承認買家就是我，並且厚顏要求愛亞小姐將來若有幸見面，請務必在此書上簽名留念，愛亞欣喜承諾一定要見面，一定要簽名！

這本《脫走女子》封面採用木刻版畫，白邊紅底，書名採印刷黑字，正中間陰刻一位高舉雙手、向右方奔跑，「似乎」裸體的長髮女子。說「似乎」是因為這圖採寫意，只取大概輪廓，求其趣味罷了，並非纖毫畢露的寫實畫，二十多年前的家長們也未免太較真。大概是因為書名有個「脫」字，加上裸女造型，那年頭又流行裸奔，遂讓人想歪？

封面設計者是何華仁先生，一九五八年生，擅長木刻版畫，是臺灣書籍封面設計名家。一九八〇年起投入臺灣野鳥生態觀察，對鳥有愛，於是他把美術專長與愛鳥興趣結合起來，利用木刻版畫及彩繪進行野鳥題材的創作，作品有《台灣野鳥圖誌》、《小島上的貓頭鷹》、《野鳥有夠酷》、《台灣鳥四季》等，多次獲得圖書大獎肯定。

此書改裝後的版本是封面上畫了一張好似在爬行的桌子，右側抽屜被拉開，右上角有一隻高跟鞋，彷彿剛剛才從抽屜裡彈出脫走。設計者周書豪先生是愛亞小姐長公子，當時剛從東海大學美術系畢業，目前擔任跨國劇情片及紀錄片攝影師工作。

總結《脫走女子》飆網事件，領會到其中隱含的時代趨勢：二十一世紀的藏書途徑比以往更加多元、便利。藏書家可以利用網路獲得資訊，利用網路參與拍賣，利用網路社群與作家本人互動，聽故事、話八卦，藏家賣家作家三方不必親見，省時省力，而人情味仍濃郁。這是古代藏書家們想像不到的時代鉅變。

（原載二〇一〇年六月二十日《中國時報》人間新舞台）

一九九九年，荒木經惟在臺北

近幾年來，在臺灣知名度最高的日本攝影家大概就是荒木經惟、森山大道、篠山紀信及米原康正吧？

各大出版社趕進度似地爭相推出荒木及森山的攝影文集，每位都有三五本之多。其實，臺灣早在十幾年前就出版過荒木經惟的作品，但少得可憐，只有兩本。一本是一九九五年由茉莉出版社出版的寵物貓寫真集《我愛奇洛》（荒木家愛貓奇洛已於二〇一〇年三月二日以高齡二十二歲過世）；另一本則是一九九九年的《荒木經惟 Nobuyoshi Araki Alive》。

《Alive》是臺北市立美術館為荒木攝影展出版的展刊。當年我看展時買了一本，書中還夾著隨手索取的簡介文宣兩種，現在覺得這兩張紙和這本書一樣珍稀。書封面是一位面貌清素淨麗、身材高䠷曼妙、著白色兩截中空式禮服、俗豔卻令人不厭的檳榔西施站在她簡陋雜亂的攤子前，一見難忘。共一百三十六頁，內容除了荒木作品外，還有幾篇訪談及導讀文，紮實深入。執行編輯是劉美玲小姐。一九九九年九月出版。售價二二○元。

展期自一九九九年九月四日到十一月二十八日。此展的執行方式很特殊。作品分舊作、新作。舊作是一組近年在亞洲八大城市拍攝的作品，這就是主題《Alive》；新作「臺北一九九九夏」，是荒木於開展前一個多月才匆匆來臺北拍的，這部分與我們最親，遂成為注目主體。

荒木曾在一九九八年來過臺北，一九九九年夏天是第二次到訪。可憐四天行程狀況頻傳，邊走邊拍邊改計畫。過程被劉美玲小姐寫於後記裡。

首先，自機場出境時就發生意外，荒木裝有攝影器材、底片、禮物的行李被人拿走了！經查證原來是被同機日本旅客誤拿，這件行李隨後被送到他下榻的旅館，幸好只是虛驚一場。

預計啟用上回曾合作的女模特兒，因價碼太高而放棄。在野柳，女王頭讓他驚歎，和賣明信片的阿桑用日語攀談，還買了一套明信片。

想拍翡翠灣海水浴場，卻因風浪太大關閉。臨時換為金山活動中心，卻意外拍到一座華麗的墓園和石獅子，荒木興奮不已。回程又發現荒廢的飛碟屋及檳榔西施，更是讓他激動。

當時正值總統大選造勢期間，主辦單位已安排好荒木跟拍四位總統候選人，可惜計畫趕不上變化，沒能拍成，但卻把臺中的猛男舞團叫來表演豔舞給他拍。總統候選人與猛男舞團的對比取捨，現在想來，妙不可言。

臺北市立美術館敢辦這個攝影展，很有膽識。而荒木對於展出內容也很節制。以他的功力，不必刻意拍攝裸女或緊縛女（展覽內沒看到，我略失望），即使拍檳榔西施或花朵，一樣可以表達獨特的情慾。他說：「我們不能忘記由肉體而來的思想表達。」我在這句話底下畫上紅線。

（原載二〇一〇年七月十八日《中國時報》人間新舞台）

魔幻寫實的居家百科《秘術一千種》

如何預測地震？預知風雨？深山迷路怎麼辦？如何治小兒夜哭、使醉漢立醒？如何使雞蛋騰空、針浮水面？怎樣讓狗以為自己是貓、讓貓不敢吃小雞、讓小雞永遠長不成大雞？

針對這些疑難雜症，中國古代老百姓早就研發出各色秘方奇術，代代相傳或不傳，經有心人搜羅整理，遂成一本奇書：《秘術一千種》。

我收藏的《秘術一千種》由滿庭芳出版社於一九九一年出版。標點排印本，內文三一三頁。書名頁印有副題「古今秘宛（宛應為苑之誤）」，但內文多次引用《古今秘苑》，可知並不等於清代墨磨主人輯的《古今秘苑》。內文尚引用《行廚集》、《多能鄙事》、《物類相感志》等多種真偽古籍、筆記，可謂集古今秘作之大成。

編者不詳，但由文末按語的「翰按」，可知他名字有一「翰」字。他在某幾條按語內提到一生經歷：曾游幕湖北，待過漢陽鐵廠，認識舉人張望屺，推測應為清末民初人。

此書將秘術分為「天地山川」、「宮室建築」、「衣履布帛」、「飲食烹調」……等二十門。所謂秘術，有些不過是種花煮菜、製椅養鶴之法，是農村生活寫照。但也有搞笑的，例如「佳人臨席放屁法」。有救命的，例如「救自刎法」、「救縊死法」。

有的秘術很簡單，但不敢試。例如「治腋臭法」：「以自己小便，時洗兩腋，惟不可俟其冷，且須每日無間。」要趁熱呢！

有的實用，似乎可行，例如「驅逐蠹魚法」：「古今秘苑云，諸物被蠹，薺菜（草名）燒煙薰之，則蠹蟲皆盡。行廚集又云，置鰻魚骨於衣箱書櫃中，則蠹蟲斷絕。」但會不會引來蟑螂螞蟻？

有的是現代科學，如「避觸電解電之法」：「電氣最為虞險，亦最巧妙，視之無物，方有萬鈞。」說得很對。

有的應該是無效，如「止婦人嫉妒法」：「竊取本婦月經布，包一蝦蟆埋於廁前一尺許之所，其深須入地五寸。」有的根本不敢試，如「白日能見鬼魅法」、「使鬼敲門法」。

至如「旅行須知要法」提醒出外人：「如客店人多屋少之處，多有人死未及殮埋，將屍藏匿榻下，尤宜詳細看明。」令人驚駭莫名，彷彿置身魔幻寫實之荒境。

《秘術一千種》還有隱藏版的第一千零一種秘術。這個秘術被詩人夏宇發現了。詩集《腹語術》第九八頁談到「心目中理想的詩」，她這樣說：「很難講，有時唯心，有時唯物，不同的時間讀有不同的感覺。有時不讀詩，讀《秘術一千種》。」想來夏宇應該不是想學雞蛋騰空之術。查「天地山川門」有這樣的句子：

「日沒脂紅，非雨即風。」

「海燕成群，風有便臨。」

「鸛鳥仰鳴則晴，俯鳴則雨。」

「朝鶴晴。暮鶴雨。」

此中有詩意。

（原載二〇一〇年十二月五日《中國時報》人間新舞台）

藏書途中遇見想像的動物

臺灣商務印書館出版過一套四厚冊的《波赫士全集》。雖然號稱全集，然而在「波赫士迷」心目中，還是有遺珠之憾：並沒有收入波赫士編寫的《想像的動物（Book of Imaginary Beings）》。倒不是出版社的問題，而是波赫士本人編全集時就不收入這本，因為他不認為那是「自己的創作」。

裴隆政府倒臺後，新政府任命波赫士自一九五五年起擔任阿根廷國家圖書館館長，同時他的眼睛健康狀況劣化幾乎失明（一次給他八十萬冊書與黑暗，他說是上帝絕妙的玩笑），仍持續創作不怠，不過大都與他人合作。

他於一九五五年與Margarita Guerrero合作，蒐集古今神話、秘冊經典、奇幻文學所提到的想像動物八十二種，編成《奇幻動物學手冊》，一九五七年於墨西哥出西班牙文版，一九六七年第二版增添三十四種，書名改為《想像的動物》。一九六九年由波赫士親自聘請的助手Norman Thomas di Giovanni譯成英文，交美國E. P. Dutton公司出版，這是波赫士欽定的譯本。中譯本則是由獨具慧眼的志文出版社邀請楊耐冬先生翻譯，於一九七九年五月出版，列為「新潮文庫」之一。

我始知波赫士其人，是在報紙副刊讀到張系國先生以「醒石」筆名翻譯的短篇小說〈環墟〉，講一位術士在夢中造人的故事（後收錄於純文學出版社世界科幻文學選集《海的死亡》一書）。被波赫士奇幻詩意的陌生文字迷醉，極想尋找他的小說集，無奈坊間並無譯本，直到一九八六年十月，才在臺北縣淡水鎮中外書局買到志文版《想像的動物》，自此奉為珍寶。

當年的我想讀類似〈環墟〉、〈歧路花園〉這樣新奇精巧、像奇幻又像科幻的創作小說，而非僅整理改寫的古老民間傳說。但是仔細閱讀此書一遍，再度被那詩意奇幻的陌生文字迷醉。例如：

不朽的鳥王西牟築巢於知識樹上，牠抛下一片美麗的羽毛於中國某處，群鳥聽聞這消息後，組隊前往圍繞地球的萬山之山拜謁鳥王。飛過窮山峻嶺荒漠，越過七谷七海，過程中放棄、傷亡者無數，僅剩身、心最堅強的三十隻鳥兒攻頂抵達王宮。但沒見到西牟，卻也可以說見到西牟。鳥兒明白了，「他們自己就是西牟，西牟就是他們每個個體，也是他們整體。」

基於這樣的風格，寫波赫士傳記的作家評論這本書是「天衣無縫的胡說」。

自從買到此書後，二十多年來，每次逛新、舊書店，我會在志文出版社新潮文庫中搜尋它的身影，卻從未得見。進入版權時代後，臺灣的出版社並未推出此書新譯本，連中國、香港整個華人圈也都沒有。尤其中國歷來翻譯不少波赫士作品選集、全集，卻始終沒有翻譯出版《想像的動物》。

直到二〇〇九年某日才與它再度相逢。那天與兩、三書友同去九份拜訪樂伯二手書店，逛到二樓，某些書架最底層很多四十開、三十二開小開本幾乎看不到書脊上的書名，為了認得真切，我索性雙膝著地，趴在地板上翻動這些小書。被一旁書友看見，還取笑我：「你怎麼變成跪拜了？」或許書神真的被我的跪拜感動，隨後我竟在書架上找到一本品相如新《想像的動物》。心中驚呼「不可能」！

樂伯沒有擁奇貨而居，當一般舊書賣給我。把它帶回家後，突然戒慎恐懼起來。雖然撿了大漏，但我已經有一本，又何必多占有一本？於是委託傅月庵先生，捐給茉莉二手書店做網路珍本義賣，給它找新主人同時募得善款。這才是書神要我做的事吧。

但故事未完。二〇一二年二月二十六日參加「野書會」在四四南村的活動當一日古本市攤主。我把書整好擺好陣勢之後，忍不住四處溜達看別人都賣什麼書。巡到我後面某位攤主T（事後才知道他是位作家）的攤子，赫然發現竟躺著一本《想像的動物》。一道電流轟腦，不會吧！我想起書友寶兒曾提過想收藏這書，她這日也來當攤主，攤位就在T的隔壁的隔壁。我趕快向她報馬，拉她去買。攤主T本著交朋友的心情，用超便宜價賣出，樂得寶兒回送他書還請他喝咖啡。兩位素不相識的文化人從此成為好友。後來為了一個展覽，T在寶兒的永樂座開過座談會。牽成他人一段書緣人緣，我很得意。

在日本要遇到《想像的動物》反而不難。曾經在東京自由之丘街頭舊書店買到日文譯本，書名為《幻獸辭典》，譯者柳瀨尚紀，晶文社於一九七五年三月十日初版二刷（版權頁記載初版於一九七四年十二月二十五日），精裝本。這書直到二〇一五年五月還持續由河出書房出版文庫本，網路即可訂購，應是非常普及。柳瀨先生是英國文學專家、翻譯家，日譯本係依據英譯本並參考法譯本。取日譯本與中譯本對照，前者內容較為詳盡完整，文後小注均譯出，中譯本則有刪節。

（原載二〇一二年二月二十六日《中國時報》人間新舞台）

那些年，老夫子教給我的事

臉書上常發生意想不到的書緣。八月某日，看到臉書友邱秀堂小姐貼出一張照片，拍的是一本《老夫子》漫畫及一尊大番薯公仔站在一堵圍牆前，問眾網友此處在哪國？我見那堵牆的牆柱上人頭塑像面熟，直覺回應是英國牛津。果真答對。邱小姐說要送獎品。原來我無意中參加了「老夫子景點追追追」有獎徵答小遊戲。等收到禮物後，更加驚喜，竟是一本由邱秀堂小姐撰寫，王澤先生繪圖的《老夫子香港采風》，書前還有他兩位親筆簽名。

此書內文一百五十七頁，全部彩色印刷，塞尚圖文事業有限公司於二〇〇九年十月十日出版。分成香港島、九龍半島、新市鎮、離島及交通等單元共四十七篇，是邱秀堂小姐旅遊香港私房景點的採訪文字與攝影紀錄，並搭配王澤父子的老夫子插圖。此書不只是旅遊書，因邱小姐係治臺灣古典文史出身，她以探究香港人文歷史的精神來發掘景點背後的傳統文化，使這書充滿人文氣質。

看到老夫子，真是久違了。從我兒時懂得看漫畫開始，就看《老夫子》漫畫。回想起來，《老夫子》曾經教給我不少關於香港的知識。

看陳小姐穿旗袍，身材凹凸有致，以為香港美女都這樣穿。

看老夫子常常被混混持刀搶劫，以為香港街頭治安極差。

看書中出場的警察，才知道香港警察是穿短褲的。

書中常出現釣魚題材，以為香港人愛釣魚，原來只是作者自己愛釣魚。

書中人物拉起二胡唱起大戲，旁白寫的是：「上尺工六……」，初看以為什麼密碼，後來才知那是「工尺譜」，是傳統中樂的記譜法。

看老夫子罵人，以為香港人罵人一定要左手扠腰，右手食中二指並攏，成劍訣狀指著對方，成茶壺狀。

每篇都有一個標題。有時畫出莫名其妙無法解釋的情節，標題就取作「耐人尋味」，多看幾次，就學到這句課本裡從沒出現過的成語。隨後又學到「別開生面」、「各有千秋」等等。

不論接收到的資訊正確或誤解，《老夫子》漫畫是我最早認識香港的一扇窗口。

老夫子雖然外表古板老氣，但其實是一個不論思想或行動上均中西混雜的人物。他痛恨盲從西方流行留長髮著喇叭褲的嬉皮，卻又能夠獨自研發太陽能汽車。他會傳統中國十八般武藝，有一次還練成劍仙的飛劍；同時也懂西方奇技，會開槍、開車、開船、開飛機、甚至開飛碟。他不是什麼壞人但也不完全是好人，更不是老實人。懂得計算，不愛吃虧。這樣一個人物，呈現出中國文化與西方文化的衝突與融合，其實就是上世紀六、七〇年代香港及香港人的縮影。

眼前這本《老夫子香港采風》由香港代表老夫子帶路，引導讀者暢遊香港，最為相宜。此書可以做為認識香港的一扇新窗口，二十一世紀讀者比我幸運多了。

（原載二〇一二年三月六日《人間福報》縱橫古今版）

書界恐怖大王：《瀛寰搜奇》

當我兒時，鬼故事書難登大雅之堂，多由不出名作者胡掰瞎編，沒聽過的出版社粗製濫造。一般只在鄉下小書店、路邊書報攤或夜市才買得到。書名常有「鬼」、「屍」、「棺」、「死」等關鍵字。這類書我能避則避，連封面也不看，以免傷害我幼小純真的心靈。家大人只給我看童話故事畫冊、兒童版世界名著，至於古裝鬼如《聊齋誌異》、《林投姐》，東洋鬼如《雨月物語》、《怪談》都沒機會讀。西洋鬼印象中只在書店見過一本《卓九勒伯爵》，那封面吸血伯爵獠牙滴血，頗嚇人。

但是躲過初一，躲不過十五，我終究不慎踩中一顆殺傷力巨大的地雷。那本書確實「巨大」，抱起來又沉又厚像黑色磚塊。出版社寄來書訊DM廣告讓我心動，央求爸爸務必買給我。以為讀了可增進自然科學、天文地理及歷史人物知識，不料不僅如此，書裡更有超乎我想像的東西。這本書為我開啟一扇通往幽闇世界的大門。深暗色封面上那超巨大章魚捲手糾纏船隻，隱隱即透著不祥。

這本書就是讀者文摘遠東有限公司於一九七八年出版的《瀛寰搜奇》。此書絕非粗製濫造的鬼怪書，而是一部系出名門，製作嚴謹，有憑有據的奇聞百科全書。書名原文《*Strange Story, Amazing Facts*（奇異故事，驚奇事實）》，書名頁題詞「奇人奇物奇事奇情，天下之大無奇不有」，全書主旨可見一斑。張樹柏主編，由大日本印刷（香港）有限公司承印，附大量彩色黑白圖片。硬殼精裝，附透明塑膠活動護套。

全書六〇三頁，分成五部。第一部講宇宙、地球、自然奇觀；第二部講人類文明成就與歷史；第三部講迷信謎團怪力亂神；第四部講異人騙子怪咖；第五部描繪未來的世界。

全書最要命就是第三部，其中又以倫敦「開膛手傑克」最震駭我心。妓女接二連三在惡夜遭殺害、高超的屠殺技術、分離的器官內臟、歷經百餘年無法查出真凶，在此之前從未聽過這麼殘忍又絕望的真實故事。之後〈進入玄妙之境〉一章更是馬力全開，盡是鬼魅傳奇，鬼船、天兵、魔鬼蹄印、午夜哭聲、靈魂轉世、人體噴火，乃至鐵達尼遇難預言及林肯、甘迺迪遇刺巧合，篇篇精彩，令人不得不緊緊捏著心臟讀下去，但入夜後卻不免疑神疑鬼，杯弓蛇影。隔天又忍不住繼續讀下去。

讀過這部大書後，兒童的我才體會到這世界的「大」。不是指時空距離的大，而是心理層面的大。雖說「法網恢恢疏而不漏」，但世上竟有一百年也破不了的刑案。科學昌明，可以解釋宇宙生成的起源，卻解釋不了英國豪宅為何鬧鬼。有了這個體認，進而對萬事萬物、乃至眼見不到的神魔遂起了謙遜尊敬之心。於是，開膛手傑克以這種奇特方式陪伴我長大。

（原載二〇一二年八月二十六日《中國時報》人間新舞台）

讓我與舊書店結緣的《影響》電影雜誌

最近受邀在南村落主辦的「獨立書店生活節：舊書文化之夜」，與吳興文前輩合講一場「舊書人生」。為了這場演講，我努力回想，這輩子第一次光顧的舊書店是哪一家？在何時？又是買了什麼書？

回溯渾沌之海，搜尋記憶殘片，想起那是高中我校附近一家舊書店，位於國際學舍旁，緊鄰信義路一排違章建築矮房子其中一棟。

上高二後，積極參與校內社團活動。我雖不是電影社社員，卻也跟著參加幾次電影欣賞會。社員們合資在西門町武昌街租個小放映室，由社長選片，十幾個懵懵懂懂的高中男生就在菸味濃重的狹小黑暗空間中，接受光影魔法的啟蒙調教。記得看了狄西嘉的《單車失竊記》、法蘭西斯柯．羅西的《教父之祖》等片。經社長解說，方知電影藝術及其語言之精妙，於是拜託社長借我剪報資料，買志文出版社的電影書來讀，紙上觀影，生吞活剝，勤作當電影導演的美夢。

某天，忘了何故，放學後沒有直接搭公車回家，往西走了一段路，經過那家舊書店門口，看到店前舊書報堆上躺著一本《影響》電影雜誌。封面很酷，是約瑟夫·羅西導演《暗殺托洛斯基（The Assassination of Trotsky）》的劇照，拿起來翻翻，講的幾乎都是歐美藝術電影與大師，正是我需要的，買了。這個簡單的「買書」行為，現在追想起來，原來就是我這輩子頭一次與舊書店結緣。那舊書店名為「日聖」。

這本《影響》是第五期，出刊於一九七三年元旦。發行者新亞出版社。每本零售十二元整。內文八十八頁，收二十篇專文、一篇座談會紀錄及編後語。這期主題是森畢京柏及楚浮，此外還介紹了維斯康堤新片《魂斷威尼斯》及波丹諾維茲（《愛的大追蹤》導演）。本期執行編輯段鍾沂、編輯群卓伯棠、但漢章、唐文標、譚家明等人，日後都成臺港文化界菁英。

「封裡」刊登「影響雜誌六十一年度十大佳片」，肇因於不滿意中國影評人協會選的「十大」，其中《秋決》、《納粹狂魔》、《愛情神話》、《霹靂神探》等如今已成經典。更好玩的是，後來第十七期竟選了中外「十大最佳爛片」，掃到中影政策片、賣座大片及大導，引起軒然大波。

《影響》於一九七九年九月推出終刊號第二十四期。

日聖舊書店日漸興「盛」，吳家兩代精心經營，二〇〇三年在龍泉街開設「舊香居」古書店，成為臺北重要的人文據點之一。店主吳卡密、吳梓傑姐弟成為我的好書友。

而那個電影少年，長大後卻沒當上導演，他的謀生職業甚至與影像、文學無涉。但是《影響》必定影響了他的什麼，秘窟魔法始終潛伏在體內，時常探頭來引導他如何凝視這悲歡世界。

（原載二〇一〇年八月十五日《中國時報》人間新舞台）

略談毛邊書

最近買到藏書家鍾芳玲小姐新作《書店傳奇》。此書分精裝及平裝兩種版本，若向出版社預約精裝本還可得到附有編號及作者簽名的藏書票。不過，我買到的版本又與上述兩種不同，是平裝的毛邊書。據說全臺灣只有五十本。

先介紹何謂「毛邊書」（或「毛邊本」）。今日我們在新書店所見到的書，都是西洋式裝幀，雖然是由多張紙頁構成，但並非如日常生活中電腦列印那般，把整疊空白紙拿去雙面印刷、再組合裝訂成冊；而是將書內容每十六或三十二頁預先排好版面位置方向，印在一大張紙（稱為「一台」）正反兩面，將這一張大紙摺成一小疊（約略為成書大小），一台台依序排列、裝訂，最後把天、地、書口三邊多出來的部分裁切掉，完成書的雛型。如果不裁切，這個狀態就是「毛邊書」。

中外藏書家一向鍾情毛邊書。近代中國最有名的毛邊書愛好者首推魯迅，他自稱「毛邊黨」，和弟弟周作人合譯出版《域外小說集》一、二集初版本（一九〇九年）就是中國第一部毛邊書。爾後他的著作初版也大都是毛邊。這個風氣自新文學時期後一直沒斷，二十一世紀起再度盛行，出版商常應作者、編輯或書友要求產製少量毛邊書以供賞玩收藏。中國藏書家沈文沖先生就編寫過《毛邊書情調》、《百年毛邊書刊鑒藏錄》等專書。

回顧臺灣出版品極少見毛邊書。日治時期，因日本人愛書風氣使然曾出現過，但日治結束後，我印象所及，公開上市不多，例如夏宇詩集《摩擦，無以名狀》、《SALSA》[1]。畢竟一般讀者及書店難以接受這種未完工又難收納的半成品，即使有，也是私人特製饋贈，或出版社特製少量偶爾在書店流通。

毛邊書好處在哪呢？魯迅告訴蕭軍：「我喜歡毛邊書，寧可裁，光邊書像沒有頭髮的人——和尚或尼姑。」周作人則說：「用刀裁一下，在愛書的人似乎也還不是一件十分討厭的事，至於費工夫，那是沒有什麼辦法，本來讀書就是很費工夫的。」看來，鑑賞毛邊書之道也沒什麼大道理，歡喜就好。

毛邊書許多頁是連結的，不割開無法讀。為了要拜讀《書店傳奇》毛邊書，我只好動用美工刀。本想裁一頁看一頁，但這樣無法一氣呵成，影響閱讀節奏，索性先把整本裁完再讀。裁的時候需精神專注，使氣運刀，否則易歪斜失誤。裁了幾刀後，嫌這機械化動作無聊，遂邊看電視邊動刀，不專心，於是有幾刀裁壞，頗懊惱，真是「唐突佳人」。

就收藏價值看，未裁過的毛邊書價值較高，就好像玩具收藏以盒裝未拆為高。臉書上有位網友說：「要是我的話，我不會把毛邊本割開，因為感覺割開就喪失毛邊本的意義了。」我說：「沒辦法，還是需要讀一讀。」他說：「買一本毛邊本收藏，再買一本精裝本閱讀，兩本剛剛好。」壯哉斯言！我要致敬，一本藏，一本讀，這才是書癡的氣魄！

（原載二〇一一年一月二日《中國時報》人間新舞台）

1　張子午《直到路的盡頭》（木馬文化），張家瑜《我開始輕視語言》（本事文化），余光中《太陽點名》、張默《台灣現代詩手抄本》與《水墨與詩對酌》（以上均九歌），楊澤《新詩十九首》、《薔薇學派的誕生》、《彷彿在君父的城邦》（以上均印刻）等書，也都印行了毛邊本。

精裝書情結

我和藏書家前輩、朋友們有一大不同之處：我不太擁戴精裝書。

平裝書，英文為paperback，紙書背之意；精裝書，hardback，硬書背之意。精裝書背能硬，係其封面與書背內裡採用高硬度厚紙板，外表再覆以堅固膠膜或皮革，故大多能防潑水、耐壓堪撞。

精裝書好在硬封面，壞也壞在硬封面。它的缺點很多：

（一）擺在書櫃挺立整齊氣派，但抱在手上展讀，覺得硬邦邦、沉、不便，久了手痠疼，還得找張書桌擱置，反而難以親近。

（二）是一種隱藏於民居的凶器，硬封面邊角銳利，可以割傷人。厚重者可砸死人。

（三）精裝書內容與平裝相同，價格卻比較貴。

綜上所述，抱讀精裝書，等於是抱著一位帶利刺的冰山美人。

我們熟悉的精裝書概念應是來自近代洋裝書。中國古籍並沒有硬書背概念。

查閱歷來多種藏書志與藏書目錄，對於書籍版本源流、內頁版式、甚至內頁用紙，記載均頗詳盡，惟獨於書封面沒有著意。自從書發明後到出現「包背裝」書，古人不認為封面是書的一部分，只當作保護書的一張紙。要到進入線裝書裝幀時代，書封面與內頁穿訂一體，為「書衣」、「書皮」，才成為一本書不可分割的一部分。

但即使線裝，中國古人仍把書封面當作消耗品，破爛就換新，只要能保護內頁、標示書名就夠了，因此材質選用單調，書封設計幾乎是零。書封採用軟質紙，簡單的用棉料古色紙，高貴的用宋箋藏經宣德紙或如四庫全書採用綾羅綢緞也就得了。再講究點的附有木質或布質書匣、夾板以保護之，不知是否可算是精裝版？

卡里耶爾在與艾可對談的《別想擺脫書》中說：精裝書是伊朗人發明的。他岳父曾研究過一位十世紀生活於巴格達的精裝書裝訂工匠。進入機械工業時代，配合印刷術進步，書籍可以大量印刷，價格壓低，遂出現簡單便宜的平裝本。

臺灣書籍，或出平裝、或出精裝，或者一起出，沒有成例。歐美日倒是成了習慣，通常新書（廉價大眾類型消閒小說除外）先出高價精裝書或精緻平裝本，先賺鐵桿粉絲、有錢人與藏書家的錢，一段適當期間之後，再推出量大便宜的平裝本（日本則是文庫本），賺窮學生、上班族、一般大眾的錢。且精裝書銷售情況正好可測試市場接受度，如果賣得慘淡，平裝本也不必出了。

美國科幻小說大師，《銀翼殺手》原作者菲利普．K．狄克，一生沒出過精裝書。

因科幻小說乃廉價讀物，要暢銷大名家才能出精裝書。在世名氣不夠的他只配出平裝本，而且很快就淪為七折、五折、三本一百；擺的位置由平臺、花車、紙箱、而回收。他早期初版書都成夢幻逸品了。

平裝書，是樸實的灰姑娘。精裝書，穿上華貴外衣，是豔麗的辛蒂瑞拉。但不管衣裝樸實或華貴，衣裝裡仍是同一個女孩。我是這麼覺得。

（原載二〇一四年六月八日《中國時報》人間新舞台）

藏書樓脈望館靈異事件

藏書而引發靈異，是一件平常自然合乎邏輯的事。除了新書之外，舊書店裡的書當然是二手書、三手、四手……。您興沖沖從舊書店淘回來的書，可能前任書主剛剛過世（機率很大），被後人率爾處置，流落書肆再進入貴府。此書或是前書主珍藏寶愛之物（機率很大），戀戀難捨，一夕大去，魂魄不忍驟離，夜夜梭遊尋至貴書房，與愛書重逢親暱（機率很大）。生為書癡，死為書鬼，亦未可知。

我不想去探究藏書前輩或前任書主來我家作客的機率有多大，在此誠心祝禱，如果前輩與書主有靈，請自行來去，惟千萬勿於我面前現身可也。

中國藏書史上有過這麼一則「鬼話」。明代江蘇常熟名宦趙用賢（著有《趙定宇書目》，是明代有名的私家藏書目）與兒子趙琦美（一五六三—一六二四年，字玄度，號清常道人）集父子二代心力蒐羅、抄補、刊刻宋元明各類珍本秘籍，藏書樓名「脈望館」，為明代常熟三大藏書樓之一。量的方面，依趙琦美編訂《脈望館書目》記錄，藏書達五千種，兩萬多冊。質的方面，舉例來說，一套《古今雜劇》二百四十二種，於一九三八年現身孤島上海，經藏書家鄭振鐸檢視大多為人間孤本，重要性不下於「敦煌藏經洞遺寶」，遂奔波籌款，與書商鬥智鬥力，一波三折，終於幫國家買下，劫中得書，是近代藏書史一則傳奇。

錢曾《讀書敏求記》提到，趙琦美去世後，脈望館藏書全歸入錢謙益絳雲樓，遂令「武康山中，白晝鬼哭」。武康山位於今浙江省湖州市，是趙琦美塋墓處，晝哭之鬼大概是他。若果趙用賢也埋在此，更可能父子二鬼抱頭同哭。嗜書依戀不捨，執著如此。葉昌熾《藏書紀事詩》有感而發：「死後精英尚不磨，荒山靈鬼哭煙蘿。但聞白首無書嘆，何有充箱塞屋多。」

趙家世代官宦、文化傳家，為何藏書竟散得如此之快？清末學者章鈺在《讀書敏求記》校證內補充一條資料，明代常熟人張漢儒曾寫文攻訐錢謙益：「見刑部郎中趙玄度，兩世科甲，好積古書古畫，價值二萬金，私藏武康山內。乘其身故，欺其諸男在縣，離隔五百餘里，罄搶四十八廚古書歸家，以致各男含冤焚香咒詛。」（《張漢儒疏稿》，收入《虞陽說苑甲編》）不知真假？四十八廚古書不藏在自家脈望館而偷存五百里外荒山，甚不合理。錢謙益一代詩宗、曾任翰林院編修、浙江主考，雖非聖人但也不致淪為土豪劣紳。若果為真，則太醜陋，畢竟他還曾為趙琦美寫過墓表，表示他與趙家有相當的交情。

一六五〇年冬季，錢謙益的絳雲樓不幸發生火災，藏書萬卷成灰，神奇的是，倖存殘書都是當年趙琦美脈望樓藏書。不知是傳說咒詛靈驗？因果報應？還是趙琦美一縷癡靈來護？只能說，冥冥之中，自有天意吧!?

（原載二〇一四年九月二十八日《中國時報》人間新舞台）

臺北國際書展通用指南

對於臺北國際書展的觀感，我的書友們分成兩派。一派殷切盼望，躍躍欲試；一派冷淡無感，嗤之以鼻。擁護派認為，難得國內外出版社推出新書、好書，作家齊聚賣書、簽書、演講座談，熱熱鬧鬧，人山人海，無疑一場書的盛浩慶典，絕不能錯過。嫌棄派認為，正是人山人海，擠得難受，累了沒處坐，三明治難吃，一堆推銷員擋路，書價不見得便宜，進大賣場趕集還要花錢買門票，為何要湊這種熱鬧？

兩派的理由我都認同，我既是擁護派也是嫌棄派，簡稱騎牆派，罵也跟著大家罵，但每年都乖乖自動買票進場。

年年逛下來，也摸索出一套逛展心法，我這野人姑且來獻曝。

對於最痛苦的人潮問題，反正一年只有一次國際書展，乾脆請假利用上班時間逛展，或者挑星光場晚上六點到十點的時段，避開尖峰時段，保證從容舒適。若一次逛不完，可以分成數次。為了運用打散看展時段的游擊戰術，我都買全期通行券，雖比單日票貴一些，卻可靈活規劃看展時間，值得。

逛累了，不如進入各色座談沙龍，坐下聽演講，長知識、養體力兼顧。食物飲水可自備，有出版社辦過買書送咖啡的活動，可睜亮眼注意這類好康。至於如蒼蠅般揮之不去的推銷員，只好體諒人家也是掙口辛苦飯吃，如果沒興趣，就閉著眼直直給他衝過去，或者認清動線，乾脆不要踏進地雷區算了。

來書展當然為買書，我專挑折扣特大的。若出版社殺出十本六折或八本五百這種跳樓價，我就找朋友合購，有一次甚至當場和不認識的小姐合購。回頭書也是重點，九歌、爾雅、洪範、里仁的回頭書便宜且偶有罕見珍本，曾經出現過楊牧長詩《吳鳳》、也斯散文《神話午餐》、羅青詩集《捉賊記》、謝春德攝影《作家之旅》，只要臺幣五十元一本。這幾家老牌文學出版社因成本考量，近年漸漸不參加國際書展，令人掛念不已。不過二〇一七年這些老牌出版社聯合布置，重回書展，令讀者精神為之一振。

作家演講及簽書會最令人期待。作家們平常僅見其文其書，書展期間卻紛紛自書房或海外現身來讓我們瞻仰禮敬一番，不但可請其簽書，說不定還可合照，並請教著作中某個難解的小細節，或單純噓寒問暖，互動機會難得。研究各活動舉辦時段與地點，排序取捨，是行前最重要的功課。我往往要列印成攻略本帶到書展現場照表操課。

買書之餘，別忘了觀賞主題國家館及各種用心規劃的特展，有時設置電影館可免費欣賞電影。例如二〇一一年臺灣主題館「精彩一〇〇文化紀事」，展出渡海來臺文人書札及字畫真跡，從于右任、周夢蝶到陳定山、李漁叔，書墨琳瑯，龍飛鳳舞，彌足珍貴。

政府出版品偶有極大優惠折扣，我買過六折的臺灣省文獻委員會出版《連雅堂先生全集》及七折的故宮博物院出版《溥心畬先生詩文集》。二〇一七年在故宮展攤買到《茱原翰墨——江兆申夫人章桂娜女士捐贈書畫篆刻展》展刊，大開精裝，因是風漬書，原價一四五〇元，只賣三百元。更重要的是這些書市面罕見，專業但冷門，統統集中於國際書展專有攤位任你挑選。

我也喜歡位於邊邊角角的小出版社，因其小，故常見驚喜的書和人。我曾在會場一專賣公職考試參考書攤位買到鼎文書局版《再生緣與陳寅恪論再生緣》，原來是鼎文書局易主改造成公職考試出版社後，把庫存多年國學叢書搬來賣，使珍本出土。

小出版社顧攤搬書的人可能就是老闆或知名文化人，愛書人不經意就和坐在攤位上吃便當的詩人打照面。小社力量弱，但團結力量大。近年幾家志同道合的新興小型出版社合力共租攤位，設定主題情境如「讀字小宇宙」、「讀字部落」、「讀字小酒館」、「讀字迷宮」等，打造展區如同裝置藝術，邀請旗下作者與讀者座談互動，獨自出版詩集的夏宇不定時在此區出沒，從書架到走道，滿是年輕人的盛氣，行銷頗具創意，吸引大批男女文青朝聖，儼然是國際書展一大亮點。這風氣一起，二〇一七年書展的商務印書館，文訊、九歌、洪範、爾雅聯合攤位，臺灣獨立書店文化協會等也以簡潔悅目打造展區，令人眼亮心爽。

國際書區可體驗異國風情。我喜歡買罕見的香港、澳門出版品，尤其是澳門出版品，每年只能在書展相遇一次。我喜歡他們傳統詩人詩詞集、老派文人報人寫的文化雜文隨筆，曾買到還珠樓主李壽民之子李觀鼎先生散文集，恰好與隔壁香港專區天地圖書出版的《還珠樓主散文集》相映成趣。

在日本區可索取厚厚一冊《文春文庫解說目錄》；在歐美亞非各國攤位可索取免費精美的書籤、明信片、畫冊、書目。也常有各國作者、畫家駐在本國攤位給讀者簽名或繪畫。

國際書展到底有沒有逛的價值？我知道人稱「地下教授」、古舊書大專家，臺北百城堂書店主人林漢章先生，也是年年去國際書展報到。連他都逛得這麼勤，可見書展必定有其可逛、可親之趣味、資訊性與重要性。

總之，國際書展乏味之處，我們可以躲開；趣味之處，我們自行發掘。就算是廟會，也是一年一度的書之大廟會，書蟲要的是書友與書同樂同聚的溫熱，藉嘉年華刺激產生腦啡，準備好未來一整年淘書聚書的氣力。我只有個小小庸俗願望：既然已走大賣場路線，無非希望買書人進場消費，則門票價格何不降一點？

（原載二〇一一年二月十三日《中國時報》人間新舞台）

一日古本市充當二手書攤老闆

二〇一一年二月二十六日，野書會和「Simple Market簡單市集」合作舉辦第一次「一日古本市」，活動地點在昔日的四四南村，今日的臺北市信義公民會館中央廣場。

「一日古本市」脫胎自日本的「一箱古本市」。所謂「一箱」是指瓦楞紙箱，原意是由書主們將自家不想再收藏的書，用一個瓦楞紙箱裝起，抱到指定的時間、地點，自己的書自己賣，當臨時二手書攤老闆。這樣的臨時市集就稱為「一箱古本市」。期間短則一天，長則三兩天不定。日本從來就有臨時古本市集，惟一向由專業古本二手書商擺攤，罕見由個人書主自賣。

「一箱古本市」創始人是日本知名書癡夫妻檔：南陀樓綾繁與內澤旬子。首次活動於二〇〇五年，在他們住處附近，東京的「谷根千（谷中、根津、千駄木）」地區街道「不忍通」上舉行，活動名為「不忍ブックストリート（不忍書街）的一箱古本市」，廣獲好評，二〇一七年四月三十日舉辦第十九回，如今這個概念已推廣到日本全國。

書籍達人陳建銘兄欣羨這種自由自在的愛書交流活動，等待多年，眼看臺灣始終無人發起，乾脆自己來辦，並改名為「一日古本市」。

任何一種嗜好收藏必定有進也有出。他認為出清藏書，除了賣給收廢紙販、二手書店或者網拍之外，也可以自己賣。他希望住家旁就有舊書攤可逛，箱箱成市，愛書同好及散步路人都可隨興翻翻書箱、梭巡地攤上的書，日曬風拂，悠閒享受野書之趣。這樣的城市街頭畫面豈不也是趣味盈滿的愛書文化風景？

陳建銘親製一日古本市迷你關東旗。

他先在臉書上成立社團「野書會」，廣邀愛書同好們加入。我們這些書蟲聽聞建銘兄有此創舉，既可清書（以便空出位置擺進更多書）又可賺回一些成本（回頭再買更多書），無不歡喜讚歎！我的書不多，遂與書友逸華合租一攤位。

我賣的幾本好書如《歡喜賊》、《地上歲月》、《從前》是不慎重複購買的，《拿破崙四部曲》、《漢尼拔三部曲》則是讀過的小說，以及一些用不到的歷史學術書希望轉給更需要的人，加上其他雜書塞滿一個登機箱及一只環保袋。

公民會館中央廣場設有十三個攤位，文化人張鐵志、黃子欽、水瓶子也是攤主。當天天氣出奇的好，在初春豔陽盛照下，我與來訪書友聊天聊書，向翻書的路人推銷好書，逛逛別人的攤子尋寶（但為了把機會讓給愛書人，我忍痛不買，只向會長買了一本《偷書狂賊》），拿起相機拍攝書攤、遊客、美書美人，得閒坐在攤上讀幾頁書，或起身去買草莓冰淇淋吃，賣書反而不重要了。聽戀人、兒童嘈切笑鬧，看日影與遊客緩緩從身旁流過，萬物明朗，一心歷然。自從玩藏書以來，未曾有如此美好的賣書體驗。

（原載二〇一一年三月二十日《中國時報》人間新舞台）

補記：野書會長陳建銘寫信告訴我「一箱古本市」的由來如下：

南陀樓婚前就在（東京）谷中住了十年，與內澤結婚後移居西日暮里（亦在谷根千左近），兩人當年都身處出版業（南陀樓一九九七─二〇〇五擔任「本とコンピューター」編輯，內澤更甭說了，你應該熟[1]），每天夜裡夫妻倆總會趁入睡前在床上天南地北亂聊，（他們戲稱為「夜の編集会議」）；某天內澤隨口說了一句：「咱們這附近要是也有

舊書市集，那該有多好。」（原文是：「この辺りで古本市ができたら、面白いね。」）

蓋此前日本大大小小的古本展售基本上皆已定型且規格化，有規律的期間與固定的場所，更重要的是：賣方清一色都是業者（即一般舊書店或各級古書組合的會員——也是以書商為單位）；因內澤這句話，他們一開始先籌劃一份「不忍ブックストリートMAP」，接著便用跳蚤市場的概念來構想一個沿街設攤、串聯的以素人為主體的古本市。

他們的初衷，我相信跟我一樣——都是貪圖自己方便、希冀自家附近就有舊書攤可逛，結果因為二〇〇五年南陀樓去職（所以成了像我一樣的閒人？XD），多半由他積極奔走、組織。於是我們今天將他視為創始人；其實，內澤實在功不可沒啊～～。

1 內澤旬子是《戀上書．一本書是如何做出來的？》、《東京見便錄：窺看廁所「大」「小」事》等書的插圖繪者。內澤旬子為插畫家與書籍裝幀家，以細緻綿密的寫實畫風著稱。

帶一本書去旅行

旅行攜帶隨身用品、衣物已夠繁瑣，為何還要帶重量不輕的書出門？美國《國家詢問報》曾報導，英國研究指出，針對歐美愛書人抽樣調查，愛書人出外旅行時，攜帶書籍同行者，占受訪總人數之「百分之一百〇五」。多出來那百分之五，是因自己行李箱放不下，拜託旅伴（通常是老婆或先生）打開行李箱借放所致。調查結論是，愛書人攜書旅行是天經地義的事，是權利也是義務。

帶書去旅行等於是一個「作業研究」課題，其嚴重性與縝密性，相當於太空總署考慮一趟太空任務需配備多少款電子扭力扳手的程度。帶太多，浪費太空梭空間、增加無謂重量。帶太少，萬一該用沒得用，足以毀掉任務。攜書旅行亦然。

根據我多年實際操作心得，攜書旅行要考量的要素是：旅行目的地、天數、同伴、旅行性質及交通工具。以下逐條審視：

旅行目的地：如果納入上海、北京、香港或國內之臺北、臺中、臺南、高雄等具有多家舊書店的城市，去了就要逛，逛了就會買，故不必帶多書。目的地如果是非華文系國家，即使舊書店大盛之城，例如英國倫敦、日本東京或美國舊金山，因外文隔閡（我是指我自己），即使可以挖寶卻恐怕無助於旅途上的閱讀，還是得帶上幾本。

天數：與攜帶書籍數量成正比。真希望這個「數量」可以量化。如果研究單位可以訂出旅行一天需帶多少頁數，那可功德無量。然而，有人一天只能讀五頁，有人一天可讀五十頁。而閱讀五十頁現代詩與五十頁推理小說實不可相提並論；閱讀五十頁推理小說與五十頁現代小說史也不可相提並論。所以這部分仍需自行考量個人讀書習慣與能力。

同伴：如果有趣，書就少帶。無趣，那就多帶。老夫老妻，可能還要幫對方帶。

旅行性質：跟團，行程固定，緊湊，沒有讀閒書機會。自助旅行，從容，甚至可排定去某家久仰的咖啡廳喝咖啡、讀幾頁書，裝文青，此時手上若無書可冏了。定點度假村，躺在池邊做日光浴那種，就不用我多嘴。若是出差，比照跟團辦理。萬一是度蜜月，我相信您一定都在忙著履行權利與義務，即使沒帶書或帶書不看，我想，書神也不會苛責。

交通工具：涉及它的速度與舒適性。搭臺北捷運，大致不會花太久時間，且通常無座位，只能取一文庫本或平裝薄詩集讀它幾句幾段。搭普悠瑪去花蓮或搭高鐵去臺南高雄，至少兩三小時，指定席，座位舒適，可以讀厚厚的大眾類型小說。搭飛機，長途者有影片可看，有正餐可吃，又想補眠，可以比照搭高鐵書。飛短程者大概起飛後吃吃點心，收收餐盤也該降落，可以比照搭捷運書。

搭遊輪則是關在船艙幾日夜，書要帶足夠才成，雖然有點觸霉頭，在此建議您不妨帶上心目中的「荒島十本書」吧。

（原載二〇一四年四月十三日《中國時報》人間新舞台）

舊書店標價術

圖書販售這一行，雖說是文化事業，本質還是商業買賣。所有書店都是零售業。而新、舊書店之間最大不同處，就在標定書籍售價。

目前臺灣並無德國、日本的圖書統一售價制度，新書售價要看出版社、盤商與書店之間如何談判合作。大型連鎖書店銷量大，很能賣，姿態強勢，跟盤商拿到的折扣大。小型獨立書店銷量少，賣不動，處於弱勢，拿到折扣小，甚至盤商還懶得鋪貨。於是逛各家書店時可發現，有的書店折扣高，有的折扣低。有些出版社的書可以賣九到七折，有的從不打折。無論如何，同一家出版社同一本書在同一家店裡一定是一個價。絕不可能書架上相鄰兩本《哈利波特》第一集有不同賣價，除非電腦出錯或是條碼貼錯。

舊書店可不是這樣。同一種書四本並排，可能會有四種售價：一本品相差，浸過水略變形、封面缺損，算四十；一本品相還不錯，八成新，五折價，標一百四十；一本是三個月前才上市的修訂重排新版，七折，賣一百九十六；一本是早年鉛印初版本，封面設計乃名家手筆，典雅稀見，三百九十九元不打折還註明「絕版」。所以我在逛舊書店時，同一種書不同複本都不厭其煩抽出來一一比價。差價可能達數十或上百元不等。而且老闆很可能確實標錯價，我當然挑選便宜那本結帳。

標價術是舊書店老闆謀生營利必備技術，且是專門技術。除考量收書、囤儲、各種營業支出成本外，尚需深入了解書籍版本流變（範圍至少是近六十年內臺灣出版之純文學類）、當今市場喜好追捧與其行情、未來漲跌趨勢等，讓每一本舊書都有符合其身分地位的售價。舊書店老闆必須身兼成本會計、版本學者、趨勢觀察家、市場分析師四種專業身分。

但是，把書價標得這麼公道確實，童叟無欺，絕無遺類，客人絕對服氣，絕對尊重，但是否領情？愛買舊書的人就是有個壞心眼，不太喜歡店內每一本書都被納入規整的訂價秩序。說穿了，店家喜歡低價（錢）高賣，客人卻希望高價（值）低買。俗稱「撿漏」。他希望老闆不識貨。

聰明的老闆並非一路精算到底，而是「難得糊塗」，偶爾「失明」隨便賣。既然客人因撿漏而得意，姑且放出幾個「漏」讓他得意得意，食髓知味，日後他必常上門過癮。兵法云「圍師必闕」，商場如戰場，作生意、為人處事都是如此。

昔日光華橋下舊書店就有一派賣法：先依原價打四到五折，再參考書況新舊大小厚薄調整。新的加一點，舊的減一點。厚的貴，薄的便宜。大本稍貴，小本便宜（如果是那種「小本的」另議）。老闆才懶得管什麼珍不珍本，況且也不懂。他們這一派生意也滿好。書本及客人來來去去，流動量很大，因為在這種店裡易撿到漏。此派已經式微，現今臺北市舊書店主人個個用功學習，識見豐富，認真標價，幾乎已無人用這種方法賣書。

買書人撿漏不能太得意，要等到結完帳離開書店才算。我曾經在結帳時，老闆把書打量一番後向我道歉這本標錯價，當場追加三百元。白紙黑字標價竟不算數，我當然不買了。但毅然轉身時，心也揪了一下。

有些舊書店家不敢放心大膽標價，生怕走眼，把有身價的書標了低價，不但丟人還少賺，是為「人財兩失」，於是他們上網查同一本書在網路拍賣場標多少，有了參考值就比照賣或者斟酌加減。這樣的標價法雖偷懶卻不失為貼近市場的好方法。只是拍賣場上賣家良莠不齊，某些人舉動瘋瘋的，無法用常規解釋，根本亂標一通，珍本凡本統統上千上萬，不知他到底想不想賣書，或者只是標爽的。如果店家不慎參考到這類瘋癲價，買書人可哭笑不得。

標價術令客人感到最棘手的，是根本沒標價。想買的書必須執至櫃檯，恭請老闆開金口定奪。在老闆開價前，有如等待法院宣判。開價若低廉，欣然掏錢；開價超出預期，只好放書走人。但如果每次都當著老闆面走人，久而久之我也沒臉來逛店。不知這是我的損失還是老闆的損失？

日前得知，香港港鐵西營盤站A2出口附近，一迷你書店名喚「地攤」，利用人家樓梯底下空間營業（好似住阿姨家的哈利波特），只一點四坪大，書僅三百多本。「都是攤主喜愛又看過的，如詩集，夏宇旁立著袁兆昌、飲江與洛楓；整套《死亡筆記》附近有本楊學德，再過一點是卡爾維諾、羅蘭巴特；新書架上有史兄，以及一些傘運書。近門處還有一些由臺灣扛回來的貓罐頭。」（二〇一五年五月五日香港《蘋果日報》）不論新書、舊書、貓食，全無定價，由買書客自由開價，書本價值多少由書客決定。這大概是標價術最高境界？眼中無價，心中有價。攤主表示，希望藉此讓書客反思書的價值，並吸引從不買書的街坊鄉親上門。

該店在臉書上發文透露，開幕不久，一位街坊婆婆上門，問一本新書《矯情》怎麼賣？

店員說：「自由定價。」

婆婆：「你真是好人啊，算五塊錢行不行？我沒錢。」

店員：「原價六十七元，只要你真的想讀，算你一毛錢都可以。」

於是開心成交，皆大歡喜。賣書如此帥氣，也是都市傳奇。

補記：

二〇一七年臺北國際書展期間，我在會場遇見香港「地攤」老闆袁先生。他告訴我，「地攤」已結束營業。

花間多少事

對於書，有人喜歡保持清潔乾淨，有人喜在頁面塗鴉寫字。寫寫畫畫除了抒發書主當下心情、心得，也不經意留下書主一縷渺薄資訊。

二〇〇九年四月二十五日，天主教學術團體利氏學社於臺北市耕莘文教院舉辦曬書義賣，我從那裡帶回幾本好書，並於部落格發表淘書過程與得書簡介。

其中有一本《中國古情詩》，張弓長編，常春樹書坊於一九七五年九月出版。

這書沒有出奇之處，優點在於選詩淺顯易懂，且選了幾位在一般選集裡難得出現的人物，例如慈禧太后、李香君、蕭觀音（遼道宗耶律弘基之后）、蘇小小、趙飛燕等古代女士的作品。編排體例係自近代的蘇曼殊開始，越往後者越古，故全書最後一篇是〈詩經．邶風．靜女〉。

但這不是我買這本情詩選的原因，我是為了前書主的手澤。依據扉頁上的簽名，前書主是「蔡俊寬」先生。他讀此書很認真，在孔尚任的〈污池水〉一詩後，於空白處抄錄了馬君武的〈哀瀋陽〉，就是「趙四風流朱五狂」那首。在趙孟頫〈有所思〉後，抄錄了方玉坤的〈丁筱舸妻〉。諸如此類大約補抄五、六處。最後，蔡先生在全書最後一張空白扉頁上，寫了一首四言詩，共二十四句，恭錄如下：

倦鳥歸林，舊里重臨
兒時嬉地，大樹成蔭
村人不識，誰知我心
廿年一日，懷我知音

泉邊榆樹，爾我留名
伊人淑字，刻木同心
伐者無情，枝折樹傾
生離死別，魂索夢牽

白髮斑斑，不堪回首
懷我佳人，忠貞自守
聊表寸心，蒔花美酒

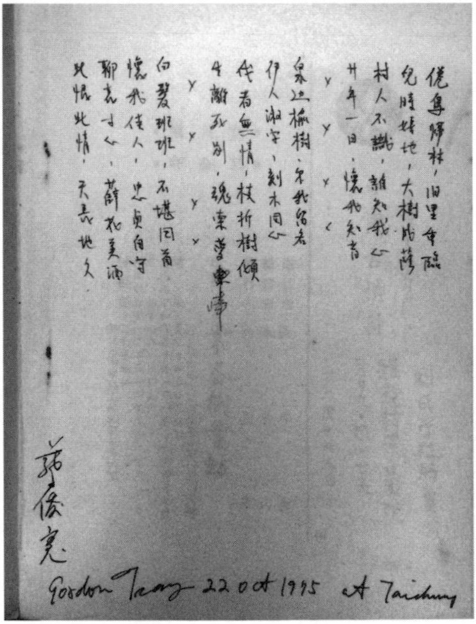

蔡俊寬先生手澤。

此恨此情，天長地久

並記下一九七五年十月二十二日在臺中……。

這首詩簡單明瞭，觸景懷人，頗能感受作者的深情與沉痛。不知蔡俊寬先生何許人，但確定是位讀書人，這天同時購得錢歌川《英詩研讀》、黃得時《評論集》也是他的藏書。

五年後，二〇一四年八月十日，一位judy huang女士在我的部落格留言：

今晚以微妙的心情上網搜尋『蔡俊寬』，意外發現臺端擁有「俊寬」先生的藏書，十分驚喜，於此謝謝您的抬愛。先夫「俊寬」先生已於二〇〇八年二月辭世，遺言藏書贈耕莘文教基金會，致與臺端結緣，伯樂難尋，先夫當十分欣慰。俊寬先生喜好文學，於商界退休後全心寫作，亦有數篇得獎作品。再次謝謝您。

讀之不禁悵然。原來俊寬先生已辭世九年（至二〇一七年）。我買到的書是他逝後遺贈耕莘文教會。這條留言，使得「蔡俊寬」不只是書上一個簽名，而是一個曾經活過、存在過、真實的人。因黃（？）女士未留聯絡方式，故無法請教俊寬先生事蹟履歷。

上網搜尋，發現有位蔡俊寬以〈永遠的北港囝〉獲得民九十四年度雲林縣文化藝術獎文學類佳作；以〈狗爺公的香火袋〉再獲得該獎民九十五年度報導文學佳作；以〈牛車直直行〉又獲得該獎民九十六年度散文類首獎。評審委員評論〈牛〉文：「用牛車來引起鄉土情懷，連結許多舊時農業社會的景象與習俗，形成一篇生動有趣的文章。文章內容真實貼近雲林農村生活，質樸而有味，誠屬佳構。」

另一位蔡俊寬成就不遑多讓。他以〈過溝菜〉獲得第二十四屆鹽分地帶文藝營文學創作獎小說組第一名（二〇〇二年），之後續以〈瞻旅〉獲得第二十五屆散文組佳作（二〇〇三年），〈向鳳凰花說聲：哈囉〉獲得第二十六屆散文組第三名（二〇〇四年），〈冰仔水〉獲得第二十七屆小說組第三名（二〇〇五年）。連續四年得獎。

兩位蔡俊寬是同一人嗎？似乎不是。

連年得雲林縣文化藝術獎的蔡俊寬，出生於雲林北港，十六歲到臺南讀高中。民五十六年預備軍官役退伍。入社會後長年居住北臺灣。可能是《中國古情詩》前任書主。

連年得鹽分地帶文藝營文學創作獎的蔡俊寬，生於一九四〇年代初。老家在彰化花壇，不到而立之年，取得經濟學碩士學位，在臺北某私立商職任教。一九七一年臺灣宣布退出聯合國，他為文呼籲國府當局，「為臺灣人民的國際人格及島民長遠福祉，應壯士斷腕，拋開歷史包袱和虛妄的法統意識，朝向臺灣獨立的方向思考」，立刻被警總逮捕，軍法審判，無期徒刑送綠島。獄中表現良好，受洗成為天主教徒並接任教誨師，一九九二年獲特赦出獄。獄中的他不可能於一九七五年在臺中買書題簽。

政治犯蔡俊寬在〈瞻旅〉文中自述：「十六歲時想要當文學家的壯志，六十歲才執筆，視茫茫，髮蒼蒼，詞彙不全，書竹斷音，雄心殘喘。夕陽燐燐迎黃昏，晚霞涔涔向黑夜，花間多少事，盡在夢魂中。」廿年一瞬，壯志消磨。

藏書，就是這麼奇妙。只是一本舊書，卻承載書主半縷身世、一絲遺澤，不知何年何月，於不知多遠的地方把這一絲半縷傳遞給下位書主。完全不相干的人們因舊書而聯繫。兩位蔡先生文采斐然，我無能為他們發皇心曲，謹在此致最高敬意。

（原載二〇一六年十一月二十八日《中國時報》人間副刊）

父親的藏書

幾個月前，我因陋就簡的書櫃終於全排歪斜崩裂。推測應是橫向地震力暴推摧折所致。遂訂購角鋼書架一一更換。

換書架需先將舊架上的書全數搬下至一處集中。等新架就位，再把書搬上架。幾千本書搬來移去，「出土」一批待在我家多年卻不甚熟悉的書。是父親生前藏書。父親過世至今已二十二年。享年五十四歲。

他學歷僅至高雄商職初級部（相當於初中），畢業即入社會打拚，心算珠算很強，與文學無緣無涉。自我懂事起沒見過他讀純文學書。家裡可稱為書的書也沒幾本。但是媽媽回憶，他年輕時曾在給她的情書內抄幾首古詩詞以表達戀慕。家裡尚存有一本民五十年江尚賢先生編著、出版《詞曲欣賞》，年紀比我還老，很可能就是當年父親抄詩詞的依據。此書封面掉失，封底碎裂，國中生的我好事，黏貼圖畫紙給它做新封面，寫上書名還畫了太陽與小花花，是此生至今唯一手工書籍裝幀作品。如今我已初老，這張

「新」封面早已朽蝕不堪。

臺灣於戒嚴時期尚無藍營綠營的說法，只分黨內黨外。父親是隱形的黨外支持者。他在家裡從不評論時政，甚至告誡我將來做啥都好就是別碰政治。可他常偷買黨外雜誌如《八十年代》、《美麗島》等與各種禁書藏家裡。少年的我沒興趣讀，但那些禁書之名我卻一輩子記得：《當仁不讓》、《風雨之聲》、《虎落平陽》。封面上「許信良」、「郭雨新」等姓名在戒嚴空氣下顯得神神秘秘，晦暗不祥。回看父親一生，資質聰慧、善交際卻「欠栽培」，事業跌落谷底後始終在谷底徘徊，做任何營生都不順遂，時也命也運也，風雨悽悽，想必亦曾發出「虎落平陽」之嘆。歷經幾次搬家，禁書都丟失，只剩一冊雜誌型開本《自由的滋味：彭明敏回憶錄》。

父親長處在於學習悟性高，尤其休閒雅趣如養蘭、育犬、飼貓、紫砂、民藝收藏樣樣精通。精通之後，竟可以謀利，可以養家，栽培出我兄妹三個大專生，在父、母雙方家族裡都是空前成就。為了吸收各家雜學，父親認真購讀雜書、工具書。

父親養狗非常專業。遍尋名犬交配，生出小仔犬待價而沽。我家的狗每隻都有血統證明書。從小型犬吉娃娃、博美，到大型犬杜賓、大麥町、鬆獅，幾乎各種狗都在我家待過。連狗蝨我都見識過。父親育犬太出色，以致曾經被內行人於半夜三更把整窩幼犬偷走，損失慘重。

父親藏書有一本《認識愛犬》，著者劉爾義先生因育犬訓犬與父親結識，成了大妹的乾爹，是位和藹的外省籍伯伯，記得是職業軍人出身。三十多年前移民美國後與我家失去聯絡，恐怕至今他還不知父親已去世。父親曾購讀夏元瑜雜文集《萬馬奔騰》、《生花筆》，說是為了學文章寫法。果然之後於某愛犬雜誌發表一篇育犬甘苦談，資訊豐富，筆觸詼諧，頗有夏「蓋仙」神韻，可惜僅此一篇，亦已佚失。

父親晚年功力還是在紫砂壺鑑賞與收藏，綽號「大俠」與齋名「自在軒」當年在藏壺界小有名氣。藏品曾被借到國立歷史博物館展出。他津津樂道的古之「荊溪惠孟臣」、「陳鳴遠」、「時大彬」、「曼生十八式」到今之「顧景舟」、「蔣蓉」，我這不受教的小子都耳熟能詳。

父親所藏專業工具書與期刊，多半是精裝大書。從《陽羨砂壺圖考》到《宜興古陶器鑑賞》，從《紫砂壺全書》到《宜興紫砂珍賞》。有自創刊號起的《壺中天地》、《茶與藝術》、《茶與壺》、《故宮文物月刊》等期刊。除了研究壺本身的造型、風格、用泥、工藝技術、市場行情之外，為了看懂壺上題款與印文，買了《篆隸行草四體字典》與《篆刻字典》。為掌握陶鄉宜興史地沿革，甚至還買了地方志《荊溪外紀》。

剛入社會當上班族頭幾年，我花自己的薪水與同事們去香港旅行。為了搭山頂纜車，經過香港公園，無意中來到茶具文物館。紫砂壺展品我看不懂，也帶不走，見販賣部陳列幾本專書：圖鑑《茶具文物館　羅桂祥藏品》上下冊、論文集《紫砂春秋》（史俊棠、盛畔松主編，文匯出版社），買下帶回臺北孝敬父親。他拿到書，既意外又欣喜。當時我們兩人都不知道，這將是他一生中，兒子唯一送他的幾本書。

我自己也藏書蒐書，我頗能體會父親收集這些書的心血。父逝後，這批書跟著我已二十多年，比伴隨父親的時日還長。老實說，換新書架之後，有動念把這些我不太會讀的書處理掉，甚至已向某古書店打過招呼，應可賣個好價。但寫完此文，轉念再想，寒齋藏書早已成災，不差這幾十本。再收藏幾年吧。只是，和我一室雜書相比，父親遺留的書特別沉重。

（原載二〇一六年八月十一日《中國時報》人間副刊）

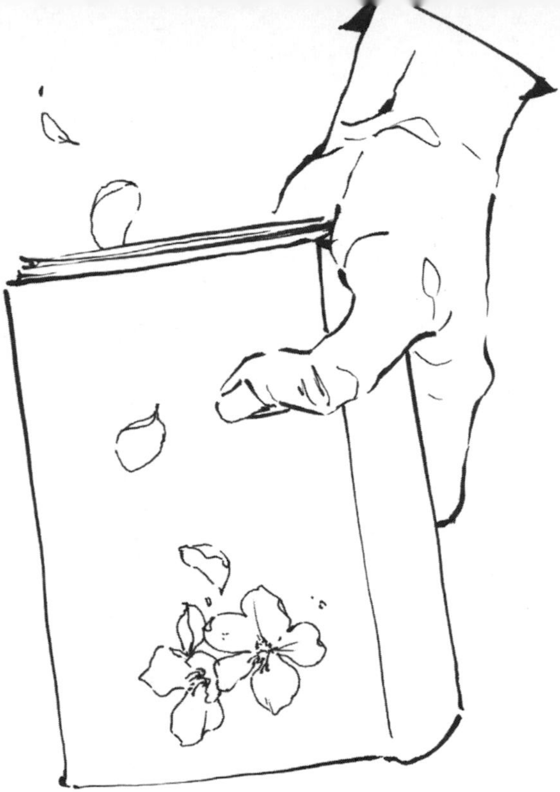

第三輯

訪書訪人

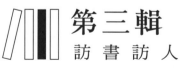

第一次逛重慶南路書店街

看到重慶南路臺灣商務印書館「雲五大樓」即將拆除重建的新聞，並不意外，這種都市更新案例在臺北市天天發生，只是這次剛好輪到商務印書館。但六十高齡的老建築就要拆了，難免不捨。

回想起來，這輩子第一次和書店街重慶南路結緣，約在上世紀七〇年代中期，我讀國小中年級的時候。

小學的我住板橋，舊時的「臺北縣板橋鎮」。鄰居所有小朋友在放學後都玩在一起，街頭巷尾左鄰右舍彼此都熟。有一天，隔壁讀國中的林大哥（他也才國一國二吧，但在我這小學生心目中已是成熟的大哥哥）說要去臺北重慶南路買書，可以帶他弟弟和我一起去。哇，這是多新鮮的事，當然要跟！爸媽也覺得買書是好事，給我一些零用錢，我開開心心和林家兄弟一起搭公車進臺北城。

書店街重慶南路當年繁榮的盛況，如今我全忘了。印象最深的是東方出版社門市，因他青少年童書多。還逛了河洛出版社門市以及成都路圓環位於地下室的中國書城。河洛門市那些古典文史書籍對於小學生來說是天書，只能記得滿屋滿架黃黃褐褐的書脊。中國書城也僅記得通往地下的樓梯。午餐在某排骨大王麵店吃了此生第一碗榨菜肉絲麵。如今這幾家門市及麵店早就不在了。

這趟書街淘書行，我買了光復書局出版的《宇宙大戰爭》、東方出版的《太空的秘密》及國語日報社出版的《雷鳥與霹靂艇》。

《宇宙大戰爭》就是H．G．威爾斯的《The War of the Worlds》，火星人恐怖的侵略殺戮加上寫實插圖，有些嚇人。如今研判，可能是翻譯日本的青少年科幻叢書。《太空的秘密》則是翻譯日本漫畫，以生動活潑又適度搞笑的方式介紹宇宙科普知識，開啟我對天文學的興趣。《雷鳥與霹靂艇》，是改編自英國科幻木偶劇《雷鳥神機隊》與《霹靂艇》的電視小說合集。這三本書歷經幾次搬家都捨不得丟，保存至今三、四十年。

時移事往，記憶逐漸淡去，但有個人物我還記得。就在我走過東方出版社門口時，看見一位穿著暗深色旗袍、頭髮挽成一個髻，標準外省媽媽打扮的大嬸在講公共電話，她中氣十足對著話筒喊：「我是楊惠敏！」咦，該不會就是課本上、電影上那位送國旗給四行倉庫的楊惠敏？我看她那個語調、那個氣勢，就是像。可惜我一個路過的小孩子，當然不可能上前攀問證實。但三十多年來，我一直相信她就是那個楊惠敏。

當年那未知人事的小學生初次逛重慶南路時，也曾傻呼呼地踩過雲五大樓的騎樓。

隨著年紀漸長，不論是買書、補習、吃麵、約會，常常在這條街走動，多半還是要經過雲五大樓。多年來承蒙它照顧，替我遮風擋雨蔽日曬；在門市一、二樓也曾買到不少好書。聽說要拆了，讓我不禁悠悠想起多年前與同伴淘書的那天。是該找個時間去和這位老朋友告別，再走一趟那條書街。

（原載二〇一一年十月九日《中國時報》人間新舞台）

補記：

後來的發展是雲五大樓不拆了。整修內部後，變成一家時髦商旅。昔日書店街，如今已轉型為商旅街。

行經牯嶺松林下

時光流轉，物換星移，一代人自有一代人的心靈歸處。喜愛收藏舊書的愛書人亦然。以臺北市為例，我這輩青壯派愛書人是從光華橋下光華商場開始淘書生活。往後看，二十一世紀青少派愛書人逛的是雲集臺大、師大、公館一帶新型改良式舊書店。往前看，我的藏書家前輩們則是從巡逛牯嶺街舊書攤開始。

牯嶺街的興衰史，近年已有專家學者發掘文獻、創作著述以考證之，讀者可參考李志銘先生著《半世紀舊書回味》與傅月庵先生著《蠹魚頭的舊書店地圖》。牯嶺舊書街輝煌歷史結束於一九七三年。那年臺北市長是張豐緒。市政府為「整頓市容」並徹底改善牯嶺街人行道與排水設施，將盤據牯嶺街的流動舊書攤商五十八家搬遷至一九七二年完工通車的光華橋下，稱為「公有光華商場」。然而，牯嶺舊書街並未一掃而空，其本線及周邊一帶尚留存十幾家具有店面的書店。

一九七三年，當時我尚是一個小童，住在臺北縣板橋鎮，除非被大人帶去拜訪親戚，否則根本沒機會進臺北市。考上高中才到臺北市區上學，為了買廉價西洋流行歌曲錄音帶，經同學報馬，去光華商場地下室找唱片行，才知其實為舊書集市，只是高中生的我對舊書毫無興趣，更不知牯嶺街與臺大公館一帶也有舊書店。等到我入社會成為上班族，九〇年代中期莫名其妙培養起藏書興趣之後，聽愛書同好們提起，才知傳說中的牯嶺街舊書店竟然還存活著。

不記得我是哪一年初訪牯嶺街，最早也已是一九九七年？我抱著考古與探險的心情，鼓起勇氣隻身一人於某工作天下班後來到牯嶺街。抵達街上，映入眼中果然一派蕭條氣象。別說舊書店了，所有商店都浸潤於一股沉靜枯悶氣氛裡，車道空蕩，只偶爾駛過一部汽車兩輛機車。疏暗中，僅三五行人游走往來。沒想到臺北市中心區有這般清寂所在。

舊書店只有稀疏幾家，且坐落位置散得很開。有的大門深鎖，不知道是打烊休息或永遠停業？有的燈光昏暗，書架森然，不知有人在否？有的以書堆疊成山，阻塞門面，店門口一位上了年紀的老先生攤坐於躺椅上，用狐疑又堅定的眼光盯著我，彷彿鎮守寶窟門口的一尊護法神。如此氣氛，小子我哪敢曰「逛」？立刻夾著尾巴逃走就是！

這家絕對令人印象深刻的舊書店，就是牯嶺街十七號，傳奇的「松林書局」。鎮守於店門口的老先生是第二代老闆蔡鏡輝。蔡老先生十幾歲大就跟著父親蔡木林一起擺舊書攤。經過幾年經營，略有小成，父親遂於五〇年代初期來到牯嶺街開設「松林書局」，位置即易林書店現址（牯嶺街五十七號）。父親退休後，兩兄弟接手事業，弟弟留在原址，但店名改為「易林」。哥哥帶著父親親手寫的「松林書局」店招搬到十七號重起門戶。兄弟分掌兩店，從此這兩店於牯嶺街生根茁壯，舊書買賣工作一做就是五十多年，親眼目睹一條舊書街的繁榮與沒落。

因為牯嶺街殘存這幾店營業時間捉摸不定，且獵書收穫不如預期，再說我不是專家學者，不需要購買稀見文獻、日文資料，也不是大腕大戶有雄厚資本撐腰，直接向老闆開口要珍本逸品，於是後來我也罕去。我想，與光華商場的書種豐富多樣、買氣、人氣、親近度相比，這街從此就走入歷史了吧？

不過，世事發展有些變化。進入二十一世紀後，總算有人想起牯嶺街。二〇〇〇年，臺北市中正區龍福里鄭里長珍珍與社區夥伴共同發起，打著「臺灣第一舊書街」旗幟，回味由牯嶺街起源的舊書文化風華，每年舉辦「牯嶺街書香創意市集」，希望活化老街景氣。

舉辦這活動立意非常好，雖然從成果看，「創意市集」部分比「書香」部分成功熱鬧許多。但好歹也吸引幾家外地舊書店專程來此設攤（例如二〇一三年這屆就有來自新北市板橋區的懷舊書鋪、來自公館的雅舍二手書店與不知來自何處的臺灣老漫畫中心），最棒的是，活動那兩天，所有牯嶺街舊書店都會開門營業共襄盛舉，也就是說，平常日子來不見得可以逛到的舊書店，活動期間可以一網打盡、一次逛完。可惜前幾屆我消息不靈通沒參與到，但是自得知這活動後，盡量每年都來報到。別人來創意市集是為買手工藝品，而我則為逛舊書店。到二〇一三年底止，創意市集已經舉辦十三屆。

時至二〇一四年三月初寫此文的現在，牯嶺街舊書店只剩下：松林、無名店（松林斜對面牯嶺街20-2號，無店招）、人文書舍、新舊書屋、書香城仍在營業。松林的兄弟店易林幾年前因老闆去世而歇業，有一位愛書人出鉅資將整間店的書全頂下買走，如今大門深鎖，惟招牌還在。新舊書屋因二〇〇八年被公視人生劇展「錄鬼簿」選為劇中舊書店場景，一度成為臺北藏書界津津樂道的話題。書香城則書況較好，空間較廣，書種平易近人，雖然不見得有很多曠世珍本與秘本文獻，但我這等功力不深厚的C咖書蟲反而較能悠然游於其中。

至於松林，我與它是一年一見。創意市集活動的日子裡，松林會在店前立起帳篷，另擺起一個書攤子，把店內較為通俗、迎合大眾口味的藏書拿出來販售。愛書人總算可以有個機會，不必透過老闆，與他家的書直接面對面，翻翻撿撿。老闆與老闆娘當天都親自出馬顧攤。松林書局與蔡老闆夫妻如今已成臺北舊書文化的活化石，也是一頁重要人文風景。往來市集過客熟客絡繹不絕，有的與老闆夫妻閒聊話舊，有的向老闆詢問有否某某書種，更多遊客則是拿起相機猛拍存真。

二〇一一那年市集活動，我來到松林門口，發現店面那堵由一壘壘書堆成的高牆竟然在右側清出一個缺口，現出一條通道，於是我大膽深入寶窟內部探查究竟。通道兩側都是高書架，書本一綑綑綁起來堆疊，直頂到天花板。前段的書品相還很正常，出版年分較近，而越深入越是老舊稀有。果然呈現歷史層層堆積的效果。然而抵達通道盡頭時，眼前景象令我訝然。

那區所有書都蒙上一層層又黑又厚的灰塵與蛛網，彷彿書被黏結於書架上，成為一體。黑灰髒塵黏網自天花板發展至大梁、至書架，又延伸到地面。直立的書書脊破損，因黑灰蒙蔽，書名全不可辨。橫放的書其天、地、書口三個切口也都蒙上黑灰，所以每本書看來好像是用黑炭做成的髒污長方體。數不清的長方體黑炭磚堆疊成一座永恆的書之墓碑。那究竟是書還是被火燒過的灰燼？或是被時光吞噬的書之遺骸？我不知道為何這樣的遺骸劫灰可以保存至今。任何一家舊書店都不可能存在這種駭人景觀。我立刻輕身倉皇退出，深恐驚動吵醒長眠數十年的書之幽靈。走出松林，回到街上，晴亮的陽光

永恆的書之墓碑。

下嬉笑的兒童、甜蜜蜜的年輕情侶、悠閒的白髮老者自我面前走過。我回到人間。

後來查相關文獻，才知道松林曾經遭遇幾次火災，想必除了烈火、濃煙之外，救火的水柱應也是殘害書本的凶手之一。我看到的書塚難道是當年水火之厄留下的遺跡？那麼為何不把它清走？或者敗壞的只是書封皮，每一本書的內裡都還完好，以致老闆捨不得丟？真想不透。

在松林淘書雖沒幾次，但也曾發生小小奇遇。某年創意市集，在松林攤子旁看到一落法帖，第二本就是開本頗大、藍色封面的《靜農書藝集》。可惜此書品相極差，明顯泡水變形，邊緣嚴重破損，霉爛滿布，差不多可以丟進垃圾桶。然略一檢查，發現扉頁上有臺靜農先生親筆題簽！當時的我心好痛，不捨這等珍貴好書竟遭水霉劫難。沒勇氣向蔡老闆詢價，因為這書即使買回家，我也沒能力保存它修復它。於是又將它放回書堆。我常常想起此事，後悔不已，還是應該買回家，至少可以把臺先生題簽那頁保存下來吧。

幸好後來還是在松林買到幾本好書，例如民六十八年出版的非賣品《屈翼鵬先生哀思錄》、民五十五年出版喬家才的《關山煙塵記》及文海書局出版《辛亥革命畫史》等。這幾本書上都有松林書局圓戳章，可以當個紀念。

雖然一年一次的「牯嶺街書香創意市集」活動很熱鬧，但恐怕無法挽救「牯嶺舊書街文化」終將覆滅的命運吧？看東京舊書店聚集區神田神保町，同樣也歷經時代淘洗磨練、戰亂摧殘、泡沫經濟，書店生生滅滅，但如今群集的舊書店規模仍然是亞洲文化一大景，是全世界舊書蟲朝聖之地。與牯嶺街更相像的韓國釜山寶水洞舊書店街自韓戰後開始形成，至今已有六十多年歷史，今日雖風華不如往昔，至少還維持長達二〇〇公尺的營業範圍，四十多家店面的盛況。

而舊書店文化在我們政府眼裡簡直不算是文化。當書店、書攤與都市發展有衝突時，拿出的政策就是「搬新家」。牯嶺街與光華商場的攤商經過整頓搬遷，一搬再搬，就好像空手搬細沙，搬遷的過程裡，那沙子同時也無情地自指縫間流失。等終於安頓好後，雙手間的沙粒亦所剩無幾。今日牯嶺街舊書店殘存五家，光華新天地舊書店更是不敵3C電子業包圍，只剩三家。

幸好，舊書店命脈早已移轉、另謀生路。臺北市舊書店重心已移至臺大、師大、公館一帶，再加上星羅散布於市區各地幾家，二十一世紀的臺北雖然沒有「舊書街」，卻誕生嶄新的舊書文化與舊書生活。賣書人經營書店理念與老一輩大不相同。整個生態與遊戲規則與上個世紀更不相同，氣象一新。只不過，老書蟲們徜徉如咖啡廳般整潔亮麗的二手書店時，常常忍不住緬懷起老舊擁擠的牯嶺街與光華商場——那早已回不去的心靈書鄉。

（原載二〇一四年三月《藏書之愛》雜誌創刊號）

愛如潮水：新北投的書販與書癡

近年獨立書店與舊書店以其特色及性格成為臺灣獨特的人文一景，報章雜誌常以專題介紹各地書店與店主，甚至出版「書店地圖」之類專書數種。但是，似乎未曾介紹隱身於茫茫人海，未擁有實體書店的販書人。我認識的Booker就是一位擺地攤賣舊書的販書人。

Booker兄姓吳。起先在遠流博識網討論區「聊齋」常見他貼文、回應，非常內行，並得知他在新北市重新橋下跳蚤市場賣舊書。此前我還不知重新橋下竟有舊書可買，聞訊去逛了幾次，找到他的攤，買了書，但要兩三回後，才敢主動開口提起遠流博識網，都是網上交流已久的同好，瞬間成了書友，爾後更熱絡，常在舊書店、新書發表會或文化名人座談場合遇見。

Booker沒有店面，日常在重新橋下跳蚤市場擺攤，獨來獨往，開一輛又舊又破、駛起來叮叮咚咚，俗諺戲稱「銅罐仔車」的老爺小貨車，載著兩三綠烤漆鐵製學生書架及幾麻袋書來到市場，找到固定攤位，書架放好，麻袋打開，舊書擺上去，小板凳坐好，即可營業。也不只賣書，偶爾也賣字畫、宜興紫砂壺、民俗文物小藝品。

雖無店面，卻有大倉庫，那就是他與老母同住，位於新北投的住家。我曾幾次登門拜訪。我從未見過這樣的「住家」。說是家，卻失去大部分家的功能。所有生活空間都被舊書占據，其多其滿，超出我經驗認知範圍。除了老人家臥室還算可坐可臥不致太擠之外，所有房廳室：客廳、餐廳、臥室、地下室、樓梯、廚房、浴室、廁所、玄關都堆滿書，室內活動空間僅剩一條通道，堪容一人行走而已。我常一個不注意，轉身時，隨身書包就把書堆撞倒。

某年某日，Booker兄捎來訊息，說已尋得我搜尋已久，日本漫畫家阿保美代的心靈漫畫《十月的笛》及鄭在東先生畫冊《北投風月》。這本《北投風月》於臺北市古蹟餐廳「紫藤廬」舉辦的鄭先生畫展上有幸拜見一展示本，牢牢用繩子拴住。

為了取書，和Booker約下班後在捷運新北投站見面。會合後，Booker說晚餐時間到了，先帶我吃鵝肉麵。

我們點了兩碗鵝肉麵、醃鹹蛤仔、熱炒空心菜、冷凍豆腐，我喝一瓶海尼根，Booker因為腸胃才剛動過刀只能陪我喝一罐番茄汁，最後還追加一盤鵝血糕。麵湯頭應該是鵝骨熬的，香醇濃厚。

吃麵時，Booker聊起鄰居張先生的壯舉。最近臺北市某家老牌知名舊書店老闆因健康因素（據說是二度中風）無法經營，兒子們也無意接此衣缽，想把店內積數十年藏書全數出清，但又不願賤價盤給舊書同業，遂尋找願意接手的買家。這位張先生是愛書人，得知消息後，很豪邁地把整間店的書全買下。

不知道成交價多少？塞滿一整間店面的陳年舊書，需雇用卡車分批載回新北投張家。家中沒空間放置全部的書，於是雇請專辦婚喪喜慶的搭棚師傅在屋前庭院搭出一座藍白塑膠布棚子，完工後，卡車將書一古腦卸載堆於棚下。有此棚就不怕日曬雨淋。

剛剛搭棚的時候，鄰居都嚇到，不知張家出了啥事？在臺灣民間，若住家倉卒間搭起這種棚子，通常是為了辦喪事。更詭異的是，鄰居們看到兩輛搬家公司的卡車開進巷子，在棚內卸下一整車書，幾天後，同樣卡車又再來把書載走，不禁納悶：「不是才剛載進來，怎麼才幾天又要載走？這是在玩哪一齣？」

其實張先生買這批書並非想開書店，只是想從中挑出自己想要的書而已，沒興趣及無用的就捨棄，再請卡車運走（將剩書送進廢紙回收廠）。那一堆書根本是座山，挑書工作很辛苦，夏天白晝氣溫酷熱，不利工作，於是他利用晚上挑燈作業。雖然這批書窩在那店也有數十年歷史，但大部分是無用或過時的雜書、雜誌、教科書、參考書或漫畫，張先生只挑得十分之一左右，剩下的邀請Booker過去挑，Booker又從中挑出十分之一，其他統統放棄。

淘書淘到這麼豪邁霸氣，氣魄驚人！不可不列為頭號書癡。藏書收書的朋友，一定也作過這樣的夢，常去的某家其貌不揚的古舊書店，昏暗逼仄，老闆不甚整理藏書，讓它堆疊滿屋，層層沓沓，設想書山書堆深處一定埋藏著什麼驚天動地的珍本、善本、孤本或者名人墨跡書信之類的寶物已數十年無人知曉，若果讓我把這座書山翻過來覆過去好好地檢淘過……張先生實現這個夢了。

Booker告訴我，張先生出身新北投望族，父親是民國五〇年代石化業官股公司重要幹部，他家與日本三菱重工曾有生意往來。父親與佛法有緣，是智光老和尚的俗家弟子。智光傳東初，東初傳聖嚴，聖嚴法師與張先生是日文班同學。時移事往，張先生也從生意場退休了。

Booker說張先生家就在附近，可以走過去拜訪。飯後，我們沿著山路前進，不多久即走到張家，遠遠就看到從圍牆後冒出頭，傳說中那個塑膠布棚頂。按門鈴甚久無回應，主人不在，只好站在圍牆外瞻仰棚子的頂。周遭一片昏濛，只有旁近一盞路燈發出稀微的光，悠悠地透過來，照出那棚子寂寥的身影。寶山在前，不得欺近。有書鎮此，彷彿空氣變得沉重密實。久久看不出什麼名堂，只好落寞地下山前往Booker家。

Booker家仍被群書侵占，與上回拜訪時差不多。他給我看前陣子收到一批陳守山上將藏書，大部分於扉頁有藏書印。陳守山上將雖是職業軍人，其藏書卻有不少文藝作品，令我亮眼的有晨鐘版《狂酒歌（魯拜集）》及楊澤的現代詩集《薔薇學派的誕生》等。現代將領讀現代詩，推想其文學素養應頗高。陳守山上將已於二〇〇九年七月過世，享年八十九歲。他的家族在日治時代是臺灣茶葉巨商，日本皇族來臺幾乎都會到大稻埕接受陳家接待。雖是這樣的背景，然而他到中國接受「漢文教育」後，毅然加入國民黨革命軍，「忠黨愛國」，經歷對日戰爭、中國內戰，一九四五年回臺灣，一路晉升到警備總司令，是首位臺籍上將。

張先生與Booker，一個買書人一個賣書人，都被書的海嘯淹沒。書的海嘯是因為心靈海底深處的欲望。對於書的「欲望」或者說是「愛」，熊熊滾熱的愛在體內深處翻滾醞釀，終有一日不可壓抑大噴發，引發欲望之海的大地震。那地震掀起書之海嘯，衝擊他們的日常生活居所，造成奇觀。雖然我不知是否堪稱災情，當事人或者很樂意置身如此書災。我自己就羨慕不已。愛如潮水，緊緊跟隨，讓書將你我包圍。

最近聽說Booker兄已搬家，仍在新北投一帶，家中存書也持續整理中，常有好書出土。想給他一個小小建議：書當然重要，左擁右抱也很爽，但合宜的生活空間同樣重要，否則人在其中易悶出病。不然，至少廁所不要再堆書了。

香港訪書：被時光封存的實用書局

「逛書店」絕對是藏書過程中最有趣的活動。若上了癮，連出國旅遊都想找書店來逛。二〇一〇年九月香港自由行，在好友藏書家林冠中協助下，逛遍港九舊書店。其中，訪「實用書局」值得一說。

實用位於九龍最繁華的彌敦道。入口在「文明里」小巷內，不甚起眼。進麗星大廈樓門，直走到底，循右側樓梯向上。首先迎來一個人高的比基尼美女大海報，再經過「高級K壓卡拉OK夜總會」及「佳麗時鐘酒店」，也許會和小姐、清潔阿姨打個照面，不必迷惑徬徨，堅定地爬至「三樓」，推開兩道門，向左轉，即是實用書局。

冠中兄告訴我，實用書局老闆龍良臣老先生已經九十多歲！上世紀四〇年代他已在湖南開書店，四九年後遷居香港設立求實出版社，聶紺弩、張天翼曾住過他社裡，其後轉型為舊書店，偶涉出版，起起落落，營運至今。論年紀、輩分，龍老先生是當時香港書業最資深前輩。

書店大門深鎖，往內望，大燈亮著，電風扇也在轉。可能老先生出去吃飯？十五分鐘後再訪，不但大門開敞，且櫃檯後坐著兩位美女，一位已屆熟齡，一位輕嫩。問她們可是龍老先生的女兒及孫女？熟年美女笑說：「我才是孫女，旁邊這位是曾孫女，我女兒。」是，應該是這樣。我說十五分鐘前來過，門還是關著呢，熟年美女說她爺爺一直都在後頭書架旁整理書沒離開，因為耳朵背，無法察覺客人上門，現在也還窩在那裡工作。

環顧「實用」，果然以武術、卜、醫、星相、宗教、烹飪、手工藝等居家生活實用類居多，但藝文類也不少，例如中外藝術、臺灣近年散文小說、簡體字版文史哲書籍等。看到復刻版包天笑、嚴獨鶴、張恨水等人的鴛鴦蝴蝶派小說及魯、周、巴、茅、郭、老、曹、徐志摩、郁達夫等人相關著作。最裡面窗檯下矮書櫃則滿是藏書史、書介、書評、裝幀、書話等談書之書。在櫃檯旁書架上發現一本《逛逛書架》，售價二五〇港幣，約臺幣一〇三八元！訝然不已，拍照存證，回臺北向主編此書的陳建銘兄報告。

繞到後方側邊書架背面，看到滿頭白髮、清瘦乾瞿的龍老先生坐在小板凳上，默默整理書本，專致精一，彷彿大匠治木鍛鐵，無感於外界一切雜音噪音。當今讀書買書風氣與經濟景氣均委靡不振的環境下，九十多歲老人仍本分經營，是為謀生？使命？還是純粹興趣？

告別傳奇的龍老先生，告別被時光塵封的「實用書局」，再次走過「時鐘酒店」、

香港實用書局的龍良臣老先生。

「卡拉OK夜總會」、巨大比基尼美女，不到兩分鐘我回到車馬喧譁、型男潮女疾步奔走的榮華大街。

回望大樓庸俗粗陋的入口，想想偶遇的鶴髮及紅顏，看看手中拎的幾本舊書，「實用訪書」彷彿幻遊深山仙窟的一夢。

（原載二〇一一年六月十九日《中國時報》人間新舞台）

補記：

龍良臣老先生已於二〇一三年仙去，實用書局亦於二〇一四年六月結業。

京都訪書記

二〇〇九年秋天我與妻子走一趟日本京都自由行。重點在於賞紅葉、吃美食，最後才輪到拜訪書店。短短幾天行程，有廟就拜，有店就逛，食遊之餘設法逛了幾家新舊書店。回臺北後將訪書過程寫成紀錄，雖是二〇〇九年的過去事，但古都生活節奏慢，市面變化不大，應當尚可供遊覽京都的書友們做個參考。

十一月二十九日　京都大學外舊書店

這天行程緊湊，走訪南禪寺、永觀堂、哲學之道、法然院，並且走上吉田山上的茂庵。從茂庵下來已經下午五點多。天光已黑，還下起稀疏小雨，臨走時，茂庵主人送我一把雨傘。這傘我很珍重地帶回臺灣。

順「神樂岡通」往北走到「今出川通」，左轉走到京都大學。到京大裡面走一小圈，找到可能是當年周作人也參觀過的文學院，拍了幾張紀念照片後，趕快離校去找京大舊書店群。

路口這一區是著名的「百萬遍」商店街區，顧不得拉麵、燒烤、牛丼向我招手，過馬路直衝向今出川通上，京大北門對面那排矮房子。

隔著今出川通，與京都大學對望的這排矮房裡藏有幾家舊書店，學生們最愛光顧。想必應是我日文老師明智周先生當年在此求學時最常逛的舊書店吧。其中距離百萬遍路口最近的是「吉岡書店」。看到熟悉的舊書店模樣，心裡有親切之感。

然而隱隱擔心的是，天色已晚，恐怕就要打烊？果然，等我走進店內才剛剛開始掃描書架，年輕店長就開始把外頭陳列的書往內搬。這下要跟時間賽跑！急急忙忙在店內轉圈巡逛，貪婪地東張西望。感覺此店跟以前光華橋下光華商場內的舊書店很像。不過沒有那麼逼仄、那麼昏暗、那麼悶氣。

吉岡書店的書種類也不少，政治、經濟、文學、歷史、哲學為大宗。不能從容地逛，也擔心其他幾家舊書店是不是同樣將打烊，只好抓了一本脇村義太郎先生著《東西書肆街考》及京都府古書籍商業協同組合發行的「京都古書店繪圖」結帳。書一本二〇〇日圓，圖一張一百日圓。

出店來看門口張貼說隔壁還有一家支店，快走兩步，看到一個樓梯口，有好多書店的小海報及指引，沒錯，在二樓。趕快衝上去，看到書店玻璃門面，裡面有人走動，大喜，拉門而入，「凍」一聲！玻璃門沒碎，我的心碎了。門拉不動，支店非常準時地關門打烊。此時才不過六點四十分左右。

原來吉岡書店只營業到晚上六點半。未免太早！臺北任何一家舊書店至少也營業到晚上九、十點吧。與舊書店相比，反而京都新書店營業時間較晚些。這下真是望門興嘆！

《東西書肆街考》考的是東之江戶東京與西之京都兩地書街。全書分成兩大部分，第一部是「京洛書肆街考」，內有〈江戶時代〉、〈明治大正時代〉、〈昭和時代〉三章。第二部是「神田書肆街百年」，內有〈明治前期〉、〈明治後期〉、〈大正期〉、〈昭和前期〉、〈昭和後期〉五章。全書二二九頁。此書由岩波書店於一九七九年六月二十日出版，是岩波新書系列八七號。作者脇村義太郎，一九〇〇年生於和歌山縣。一九二四年畢業於東京大學經濟學部。專長是經濟學、經營史。

走回百萬遍十字路口途中，經過「百萬遍知恩寺」。京都有兩座知名寺廟名稱很接近，外國人容易搞錯。一是淨土宗總本山「知恩院」，入口位於東山的東大路通上，離兩家「一澤帆布」及祇園不遠；一是京大北門對面這處「百萬遍知恩寺」，京都人暱稱為「百万遍さん」者，是有三百多年歷史的淨土宗古剎。

每個月十五日「百萬遍知恩寺」內舉行手作創意市集，類似臺北市牯嶺街創意市集，但知恩寺手作市集不必封街，直接就在寺廟裡擺攤，且每月都有，頗密集。

更重要的是，每年秋天寺內還舉行古書祭及古書市（他們稱之為「古本供養と青空古本市」），參展古書店大概都有十幾家，參展書籍大約可達一二十萬冊。今年二〇〇九年是「第33回　秋の古本まつり」，參加書店有シルヴァン書房、福田屋書店、ふみ書房、萩書房、紫陽書院、ヨドニカ文庫、三密堂書店、歐文堂、キクオ書店、竹岡書店、赤尾照文堂、津田書店、其中堂、谷書店等等約十六家。展期在十月三十日至十一月三日。

所謂「古本供養」似乎真的把古書取來拜，並且誦經？聽說此祭源自古代中國藏書家，沒想到現代日本仍奉行如此風雅之事。真該親眼目睹這個程序運作過程。如果不執著於賞紅葉，愛書人可把假期排在十月底，趕來京都參與秋之古本祭，秋高氣爽，朗朗青空，京都尚未被觀光客擠到水洩不通，正好悠閒自在走逛。

十一月三十日　寺町通、河原町通舊書店

今天戰略以寺町通及河原町通的舊書店為目標，由南往北掃蕩上去。搭公車五號系統於「河原町三条」站下車最為適中。知名的惠文社一乘寺店及ガケ書房太遠，只好放棄。

大約十點五十分在鬧區「河原町三条」下車。下車處是「MINA大樓」，內有日本

國民休閒服飾店UNIQLO在京都最大的一家分店。人還在公車上，就看到河原町通上的「赤尾照文堂」及「大學堂」鐵門深鎖還沒開張。來得太早？只好直接轉進小巷，入眼就是「平安堂書店」。

「平安堂書店」在店門面招牌上講明專賣美術書。門面外貼滿各式地圖，表示店內售有多種日本古地圖。雖然對於美術書沒有研究，我還是推門進去參觀。有一位客人，看來應是熟客，正和老闆聊天。我逛一圈知其大略即離開。

穿過小巷，來到寺町京極通，往北走到與三条通交叉口（所謂「三条通」名字響亮，其實也不過就是一條小巷，還蓋有頂棚），找到「西春」。「西春」標榜專賣浮世繪、古版畫、古陶瓷，走高貴藝術風。老房子古意盎然，又維持得光潔明亮。有貴氣。

走進寺町通。來到老店「其中堂」。

「其中堂」全稱為「書林　其中堂」（書林即書店之意），創業於明治年間，至今已有一百二十五年歷史。目前專賣佛教書，新刊、古書都有，不但賣書，也出版書。眼前，書店所在這棟建築物竣工於一九三〇年，由八木清之助先生設計。是一棟鋼筋混凝土的三層樓結構，但是於一樓與二樓間刻意做出木造欄杆及屋簷的意象，達到古色古香的效果，將新舊建築元素融合一起而不突兀。

其中堂總店原本位於名古屋中區門前町，不幸於二次大戰期間被燒毀。設於京都的分店遂成為唯一店面持續營運至今日。魯迅、周作人、弘一大師等人都是他們的顧客。

魯迅於一九二一至一九二九年間常常向他們郵購書籍，從《魯迅日記》裡抄錄幾則來看：

（一九二一．〇二．〇三）寄日本京都其中堂信並泉四元四十錢購書。

（一九二一．〇二．一六）上午其中堂寄來《水滸畫譜》二冊，《忠義水滸傳》前十回五冊，書目一冊。

（一九二三．〇一．二十六）其中堂寄來《五雜組》八冊、《塵餘》二冊，共泉四元六角。

（一九二三．〇二．〇七）晚得其中堂寄來之左暄《三餘偶筆》八冊、《巾箱小品》四冊，共泉三元二角。二弟亦從芸艸堂購得佳書數種。

可見當時其中堂所賣書籍並不以佛教書為限。周作人也是其中堂的客戶，可能買得比他大哥還多。例如《周作人日記》記載，抄錄幾則如下：

（一九二二．〇一．一〇）寄其中堂金四圓六五錢。

（一九二二．〇一．二〇）得其中堂十五日寄《狂言記》三本。

（一九二二．十二．二〇）寄其中堂金四圓六五錢。
（一九二三．〇一．〇四）得其中堂寄《光琳百圖》二本，又《星の群》一月號一本。
（一九二三．〇二．〇七）得其中堂三十日芸艸堂廿五日小包各一。（此則可對照魯迅同一天日記）

周作人在文章裡也提過其中堂，例如《苦竹雜記》的〈關於焚書坑儒〉一文的附記中寫到，廖燕的《二十七松堂集》在「名古屋的『其中堂』書店舊書目上幾乎每年都有此書，可知並不難得，大抵售價也總是金二圓，計書十冊，木板皮紙印，有九成新，恐怕還是近時印刷的。」

有關弘一大師向其中堂買書的事，牽涉到弘一大師畫作的參考對象與範本，陳星先生於〈弘一大師圖論之十：弘一大師作畫的參照系〉（發表於《普門學報》第三一期，二〇〇六年一月）一文中提到：

關於日本的佛像書，弘一大師出家不久就有收藏，並陸續購請。一九三六年正月初八日，弘一大師致夏丏尊信中說：「前年承護法會施資購日本古書（其書店，為名古屋中區門前町其中堂），獲益甚大。今擬繼續購請。乞再賜日金六百元，託內山書店交銀行匯去，『購書單』一紙奉上，亦乞託內山轉寄為感。」……（略）……弘一大師在信中所說的「購書單」在福建人民出版社一九九二年九月版《弘一大師全集八・雜著卷、書信卷》裡有錄，其中與佛畫直接有關的圖書有：《十八物圖》、《釋迦御一代記圖會》、《佛像圖彙》、《佛像圖鑑》、《佛像新集》和《法寶留影》等。

一來到現代的其中堂，門面左右各有一個大型玻璃櫥櫃，裡面擺著高檔書籍。正中間擺一平放書攤，其上的書比較平易近人。左右各有一扇門，均可出入。推門進去，發現屋內竟然鋪著木地板，走在其上嘎嘎作響，頗能發思古之幽情。沒見到傳說中的老老闆，卻看到一位大約三十多歲的青年老闆。顧客中有位剃了大光頭的先生，該不會是來自某處寺院的便衣高僧吧？

走出其中堂，對面就是文榮堂，也是佛教專門書店。

再往北走幾步，即可找到大名鼎鼎的「竹苞書樓（ちくほうしょろう）」。苞，茂盛之意。「竹苞」指竹子繁盛茂密。典出自〈詩經・小雅・斯干〉：「秩秩斯干，幽幽南山，如竹苞矣，如松茂矣。」故「竹苞松茂」係用來比喻堅固繁盛。

此店創業於寬延四年（一七五一），至今已將近二百六十年矣！第一代主人錢屋惣四郎本名佐々木春重，生於享保八年（一七二三），年少時在位於堀川通的錢屋儀兵衛書店當學徒。出師後獨立開店，獲得主家錢屋允許，使用「錢屋惣四郎」的名字，並且加入當時的同業公會。

第二代主人春行將家業發揚光大，他結交不少當時的國學者、漢學者，並為他們出版著作，此後，江戶及日本各地的文人學者如果上京，大都會來拜訪竹苞樓。當時的書店不只賣書，也有印刷出版的業務，竹苞樓剛成立不久就做刻板，有批寶曆年間的刻板目前就收藏於奈良大學。因此庫藏大量的木刻板是竹苞樓的重要資產。歷經天災人禍尚能保存至今的都成為珍貴文物。

當年的店鋪經過天明（一七八八年正月三十日）、元治（一八六四年七月十九日）兩次近世京都有名的大火災摧殘，已燒盡無蹤，營業資料及木刻板也損失慘重。火災後即遷址重建，現今的店鋪已非原址原貌，但從幕末完工至今，也是約一百四十多年的老建物。屋是古的，人是老的，家傳商訓是不變的，傳承至今，老闆是第七代的佐々木惣四郎（ささきそうしろう）。

第六代的佐々木惣四郎先生在晚年整理了家族代代相傳的紀錄，由水田紀久先生編輯成書：《若竹集　創業期出版記錄》上下二冊，於一九七五年八月出版，出版社就是自家，列為「竹苞叢書　第一輯」。可惜回到臺北讀《東西書肆街考》才知道有《若竹集》這套書，當時在竹苞書樓不曉得要詢問此書，如果尚有存書，那是一定要帶回臺灣的。不過，在網路上搜尋結果，似乎是絕版庫切了。

水田紀久先生還為《竹苞樓來翰集：佐々木竹苞樓藏》做解說。此書由京都臨川書店於一九八二年一月出版，列為「京都大学国語国文資料叢書（31）」。顧名思義，此書當是收集竹苞樓所藏社會各界人士的來信而成，可能不比《查令十字路84號》那麼風趣可愛，但肯定有不少文人史、文化史、出版史的史料在內。

現況與資料照片比對，竹苞書樓外觀似乎多年來都無變化。門口擺了兩張「床几（しょうぎ）」，上面總是壓滿一壘壘的書。這一長一短兩張床几是竹苞名物，樣子像板凳，比板凳寬許多；又像床，但是沒有床那麼大。躺人不舒服，所以躺書？床几邊邊各擺了兩個木箱，上寫「古本」、「賣買」、「書林」等字，可能是江戶時代留下來的骨董，不可小看。

想翻翻書，也只有床几上的書可以。那本《悅樂之扉》我有興趣，開價二千圓（約臺幣七百二十元），但是想到這書好像跟大辣那本《江戶四十八手》類似，於是放下，回到臺灣後悔了，還是應該買下的。其他如《竹久夢二展》紀念特刊、《新選組展》紀念特刊也都不錯，我也都沒買，真是冷靜啊，可能是我較少收集畫冊的關係，也可能跟阮囊羞澀有關。

在右手邊床几上翻到一本中文繁體字書：《齊白石詩文篆刻集》，陳凡輯，一九六一年九月香港上海書局出版。定價港幣六點四元。竹苞賣七千圓（約臺幣二千五百二十元）。竹苞在書中插了一張紙條，上寫「中國上海刊版」，因為這樣訂到七千圓嗎？七千圓的書還只能混雜在路邊床几的書堆之內，那麼，有幸能夠在店內書架上安坐的書又該是如何高貴呢？

店內完全被高檔精裝書包圍。書盒書箱保存良好，因此看不到書，只能看到書名。

老闆的位置很奇特。是一個墊高的檯子，必須脫鞋再爬上這檯子，趺坐在書桌之後。

不敢碰、不敢動、更不敢翻，價錢更是不敢看。我才疏學淺，環視店內一周，只知道上村松園、上村松篁、鏑木清芳等幾位美人畫大家名號，還有幾位應該是琳派畫家，其他就不甚認識。除了畫冊之外，花道、茶道、料理、書法、刀劍、服飾、庭園、浮世繪、春畫等等類別的書很多。

老闆的位置很奇特。是一個墊高的檯子。要上班的話，必須脫鞋再爬上這檯子，趺坐在書桌之後。今天沒有看到傳說中的佐々木惣四郎先生，倒是看到一位年輕人顧店，因為很年輕，懷疑是工讀生？不多久，一位年輕美女走進店來，我以為是顧客，沒想到剛剛那男生竟然退場，換成這位小美女爬上高檯坐鎮，古書與紅袖相映，讓人不捨離去。

從寺町通回轉御幸町通，來到アスタルテ書房。

進店必須脫鞋。見店內只有老闆一人在東摸西摸，好像很忙，沒有其他客人。我直接就逛起書架，他也沒有任何招呼。

這店猛一看，風格氣質和臺北舊香居很像。除了書之外，也擺放不少畫作、照片、海報、藝品、公仔等小玩意。進門左手邊那一櫃就很有看頭，有許多作家簽名書及有關書的書、同仁誌、雜誌等，這些人好像是老闆的朋友，林哲夫、高橋輝次等都是有名的書人書蟲。竟有佐伯俊男畫冊，他的書在誠品買得到，但是都用套子嚴密地封起來。此外，還見到澀澤龍彥的妻子澀澤龍子簽名書。

好多書都應該買，但是考慮重量、體積、預算，只好做出取捨。在這櫃只選了高橋輝次彙編的《古本屋の來客簿》簽名書（一九九七年十月十五日初版一刷）及《彷書月刊》一九九一年十一月號，這期特集是「本の街神田總點檢——私の神保町」，收有逢坂剛、井狩春男、青木正美等人文章。

高橋輝次編了一系列「古本屋の×××」目前已有四本，無法全買，只好從中挑一本。他在二〇〇六年出版過一本《關西古本探檢》，我已存藏。

一櫃一櫃地搜巡。覺得這裡的書和寺町通的書店不太一樣。很駁雜，很活跳，個性很強，合我的胃口。書價依據珍稀程度來訂。我注意到，只要是有關寺山修司、澀澤龍彥的書都不便宜。在古典文學區看到不少復刻版日本文學經典。我找到一本谷崎潤一郎的《春琴抄》，不是復刻，竟然是昭和九年（一九三四年十二月二十日）創元社出版的。《春琴抄》初版於昭和八年，這個版本是九年的「新版本」，書盒還在，雖然老舊，但沒有嚴重破損，只要日幣五百圓，令人非常驚訝的價格。大概在日本這個年分的書很多，不算稀奇吧？

我還買了介紹時代小說的《この時代小説を読まずに死ねるか》（《這些時代小說不讀怎瞑目啊？》書名很直接）（別冊寶島289）。可惜電影類那一櫃沒有我想要的時代武俠劇電影相關資料。

見到一些多年前的年度推理小說排行榜、暢銷書排行榜之類的書，雖然有其資料性，但是有點年紀，略微過時，我沒買。不過，若是從事書籍業的業內人士或是類型小說的專門研究者倒是可以買來參考。

四本結帳共三千〇九十圓。用彆腳的日語夾雜英語和老闆哈拉一下。我說貴店在臺灣小有名氣，老闆有些訝異。看到老闆桌上有一疊名片，最上面一張竟然是「四方田犬彥」先生。他才剛來過嗎？老闆看我認得這先生，以為我是來京大參加某某映畫祭，我說我只是自助旅行者，今天就要回國。他還是很熱心地塞給我一張南座的年終大會演（吉例顏見世興行）宣傳小海報。我徵得他許可，拍了一張書店內的照片。

離開アスタルテ書房時已經是下午兩點五分。我在此店竟不知不覺逛了一個多小時，是這趟京都行花最多時間的書店。

回寺町通，往北，跨越御池通，右手邊有一棟規規矩矩、線條方正、大器的老式西洋建築，乃京都市役所（市政府）。市役所周邊就有這麼多舊書店可逛，真羨慕在裡面工作的公務員。

循寺町通繼續往北，可在右手邊看到「尚學堂書店」。這家店也有些年歲。創業於昭和十二年（一九三七）。老闆曾經在臨川書店工作過，在上世紀七〇年代自行發行以美術書為主的圖書目錄《尚學堂我樂多月報》，不知目前是否仍維持發行？現今店鋪所在建物約於二〇〇五年時，依照舊樣改建完成。外觀完全遵照原貌，內部裝潢也是維持老樣，但是有特殊的實用設計，在先前各店內都沒見過。例如設有文庫本專用的推拉式多層書架、小樓梯架專用的搭接桿等等。

門口的小臺車很不得了，一堆堆老舊的書均一價二〇〇圓，不甚起眼，但是裡面藏有不少大正、昭和初期的印刷品，大多是線裝的，且多是屬於某套書的殘本、零本，比如字帖、畫譜、話本、劇本之類。

店內書也很有看頭，可惜逛到這裡我的時間不多了，必須趕快搭公車回飯店與妻子會合，匆忙之下只買了一本隆慶一郎的武俠小說《柳生非情劍》文庫本，卻忘了買本小臺車內的骨董線裝書殘本當紀念，殘念。

看店的是店主老夫妻兩位，結帳後很謹慎小心地用包裝紙幫我把那小小文庫本包起來，感心！

此店斜對面就是「芸艸堂」，是很有名且老牌的美術書編輯出版社，前面所引魯迅、周作人日記中也曾提到。再往北去還有好幾家舊書店及三月書房，可恨已無時間。怕被妻子唸，更怕趕不上HARUKA火車，慌忙奔馳到河原町通搭公車回飯店集合，結束京都訪書之旅。

（原載明目書店同人誌《門外》第三期）

第四輯
人書俱老

如此江山如此日：臺灣先賢洪棄生

二十一世紀現代臺灣人，可能已不認識於一九八〇年去世的教育家、臺大教授、立委、國語日報社社長洪炎秋，更遑論他父親洪棄生。

洪棄生先生係鹿港名士、清末秀才、臺灣才子，是臺灣文化史上一號人物，卻奇怪，我始終沒機會認識他。因為從小學到國中高中大學課堂上，教了屈宋馬班、李杜元白、東坡山谷、清照後主等中國文學大家，卻從來沒有提過他。課本裡與臺灣相關的古典文學只出現過一篇〈臺灣通史序〉，彷彿臺灣四百年史除了連雅堂（頂多再一個丘逢甲）就沒有其他古典文學家。

洪棄生，生於十九世紀中葉、一八六六年（清同治穆宗五年）十一月十一日（比革命家孫文先生早一天），逝於二十世紀前期、一九二八年二月九日（比孫文晚三年），享年六十三歲（依據程玉凰女士考證成果）。

棄生，譜名「攀桂」，學名「一枝」，字「月樵」。清國乙未割臺後，自行改名

「繻」，字「棄生」。齋名「寄鶴齋」。著作頗豐，代表作《寄鶴齋詩礊》四卷，由南投活版社於一九一七年出版。臺灣省文獻委員會曾整理出版《洪棄生先生全集》共七冊於一九九三年出版。

他是臺灣鹿港人。鹿港於乾隆四十九年開港，很快發展為當時臺灣第二大城，所謂「一府二鹿三艋舺」。祖、父從事銀樓業，家庭經濟良好，全力栽培他讀書求功名。他不負父祖所望，自幼聰慧，才學過人，於光緒十五年（一八八九）參加臺南府試，由知府羅大佑取為第一名，以案首入泮，也就是中了秀才，取得考舉人的資格。

雖然後續幾次舉人考試不理想，但制藝八股確實做得好，可惜割臺變天，斷送他藉科舉功名飛騰的機會。「割臺」對於臺灣的大清遺民忠臣們，如同「亡國」，回天已無力，他後半生遂與日本殖民外來政權完全槓上。因臺灣民主國迅速潰敗，洪棄生來不及參與積極武裝抗日，故改採頑固的不合作抵抗。雖然這些消極抵抗徒勞無功，帶有亦哭亦笑的荒謬「戲劇性」。

首先把名字改了，改成一個怪名字「繻」（音同「如」）。漢書卷六十四下有一篇「終軍傳」，記載漢朝有位終軍先生，年僅十八被選為博士弟子，西行入關時，守關官員給他一份「繻」（一種彩色的絲織品），終軍問此物做何用？官員說等你回來要通關時，就以這個「繻」做通行證來合符檢查。終軍說：「大丈夫西遊，終不復傳還！」棄繻而去。後來終軍果然功成名就，擔任巡行各郡國的使者，當他要東行出關時，守關官員認出他來：「此棄繻生也。」基於對終軍決斷豪氣的敬仰，故洪先生改名「繻」，字「棄生」。

消極抵抗措施還有：拒講日語、不許兒子們受日本教育（次子洪炎秋受不了，竟然偷竊父親存款溜到日本求學）、以為電燈是日本人帶進臺灣，故家中不許裝電燈（直到他過世，洪家為了辦喪事才裝上）、拒絕斷髮（終究還是被日警闖進家中硬剪去那條辮子，後索性披頭散髮，自嘲「不歐不亞亦不倭」……「我頭不與人同科。可屈可申奈我何」）、不穿西服、不改曆，文章仍以干支紀年、不用日本人改過的臺灣新地名等等。

另外，文人無法「竹篙到菜刀」拚殺外來政權，卻可以筆為武器，老先生寫詩寫文記錄日本人在臺橫行實錄，發為詩史痛史，抒發自己的遺民心志，並且參加詩社（蓮社、鹿苑吟社、大冶吟社）、文社（臺灣文社），廣結文友，互相唱和（林癡仙、林資修、施梅樵、丘逢甲、連橫等都是平生師友；梁啟超和女兒梁令嫻一九一一年來臺灣旅行，亦在臺中與棄生有一面之緣），並教書授徒傳承漢學（教授過年紀最小的入門弟子是新文學家張深切），十足中國文化遺老作風。

晚年，不成材的大兒子虧空會社公款後潛逃到中國（與今日之經濟罪犯行徑相同），洪棄生因擔任大兒子保人的關係，被日警逮捕下獄，俟變賣土地償還債務後才被釋出。經過不肖子潛逃事件、坐牢、變賣家產等多重打擊，身心俱毀，出獄後不多久，先生就過世了。

關於洪棄生的過世，果子離兄〈洪棄生與羅大佑〉一文轉述：「民間有一種傳聞，說有一年除夕，有人徵對聯，上聯是『是何世界是何年』，有一名少年對說『如此江山如此日』。這個「日」字一語雙關，有諷刺日本當局的意思，洪棄生欣賞這名少年，除了口頭讚賞，並和他飲酒盡歡。日警聞訊，搜捕少年，不得，轉而拘捕洪棄生，洪棄生最後病死在獄中。」

「是何世界」四字確實出自洪棄生「厲行斷髮散足事感詠」的詩句。我不懂音韻平仄，不過這傳說中的上下聯讀起來不順，若調整上聯為「如此江山如此日」，下聯「是何世界是何年」，才合平仄？或者出題者是先出下聯徵求上聯？重點在於，據程玉凰女士著《洪棄生及其作品考述：嶙峋志節一書生》一書考據，洪棄生並非死在獄中，則恐怕少年亦無其人。此則民間傳聞將洪先生的氣節、態度描寫得栩栩如生，卻與事實不符，如同大多民間傳說一樣，是個美麗的錯誤。

注：本文部分資料係參考程玉凰著《洪棄生及其作品考述：嶙峋志節一書生》（臺北：國史館，一九九七年）。

劉吶鷗：獻身「魔都」上海的文學人、電影人、商業人、國際人

一九四〇年九月三日下午約二時十分，臺灣臺南人劉吶鷗於上海公共租界「京華酒家」遭殺手狙擊，送醫途中死亡。因生前受汪精衛委託擔任《國民新聞》社長，即所謂「偽政權」文化官，成王敗寇，被劃入歷史分隔線另一邊，從此形格勢禁，後人刻意掩飾避諱，其人一生事蹟、著作遂被時代無情刷洗，於時代角落風化塵埋數十年，幾乎於歷史中消逝。

也是一個奇妙的因緣，某年臺北國際書展，無意中被蔡登山先生招引進某演講沙龍，坐下全程聆聽許秦蓁老師發表研究劉吶鷗的成果，心大動撼，購讀其大作，讓我墜入劉氏風雲流麗的一生。

本文遂依據許秦蓁老師著作《摩登、上海、新感覺——劉吶鷗（一九〇五—一九四〇）》，抄錄劉吶鷗一生重要事蹟，並插入我的注解，知其人其事，再來研討其身分、

行事風格與理想，還吶鷗本來面貌。

劉吶鷗出自臺灣臺南市柳營區世家望族。劉家既富且貴，以經營蔗糖生意富甲一方，號稱「南臺第一家」。於清領時期出過三位舉人及五位秀才，柳營劉家古厝「舉人宅第」占地八百坪，設有「舉人杆」，正廳門楣掛有福建巡撫王得祿頒賜的匾額「文魁」，至今仍存。前輩畫家劉啟祥（一九一〇—一九九八）也是這家族成員，輩分比吶鷗大一輩，年紀卻比吶鷗小五歲。

劉吶鷗本名劉燦波，一九〇五年出生於臺南柳營，三歲全家搬到新營，入住大洋樓。此樓係聘請日本建築師設計起造，當地老歲人都還記得劉家這棟仿文藝復興巴洛克式鋼筋混凝土造大豪宅。惜今已不存。

一九一二年進臺南鹽水港公學校。

一九二〇年臺南長老教中學校肄業，赴日就讀教會開辦的貴族學校：東京青山學院中等學部三年級。[1]

一九二三年（十七歲）與表姐黃素貞結婚。

1 等於是現代的國中二年級升三年級那年就放洋留學，劉啟祥也讀這所學校。

一九二三年東京青山學院中等學部畢業[2]，繼續進入高等學部文科「英文學專攻」。[3]
一九二六年青山學院高等學部畢業，同年轉赴中國上海插班震旦大學法文特別班。[4]
一九二七年一整年於中、日、臺三地間奔波，慎重思考日後發展，年底決定在上海展開事業，先「玩玩、看看」。[5]
一九二八年從事翻譯、寫文（小說、影評）、辦雜誌（《無軌列車》）、組文學社團「水沫社」、開出版社（第一線書店），於文藝界十分活躍。九月以筆名「吶吶鷗」翻譯日本現代小說集《色情文化》由第一線書店出版。
一九二九年創辦水沫書店。九月出版「新文藝」月刊創刊號。
一九三〇年四月，小說集《都市風景線》由上海水沫書店出版。
一九三二年參與「藝聯影業公司」電影《猺山豔史》於廣西實地拍攝。
一九三三年創辦「現代電影雜誌社」。
一九三四年十二月十五日發表小說〈殺人未遂〉，此為其一生所寫最後一篇小說。
一九三五年參與文藝雜誌《六藝》創刊，擔任編輯之一，社址即江灣路自宅。完成明星公司電影《永遠的微笑》劇本。[6]
一九三六年赴南京，進入國民黨的「中央電影攝影場」，並擔任「中央電影檢查委員會」委員。
一九三七年辭去「中電」工作，回上海。

一九三八年三子劉漢中出生。列名為一月分於武漢成立之「中華全國電影界抗敵協會」理事之一。但這年他也與日本東寶映畫合作，由東寶出資在上海創立「光明影業公司」。

一九三九年加入由「滿映」、東寶及南京維新政府共同投資的「中華電影股份有限公司」。總公司在上海。

一九四〇年四月分接待日本作家菊池寬。

六月五日，資助由李香蘭主演的電影《支那之夜》上映。

六月二十八日，南京國民政府新聞宣傳處長兼《國民新聞》社長穆時英遇刺身亡。7

2 當時中等學部修業時間五年，相當於我們的國一到高二。

3 修業時間三年，相當於高三到大二。

4 很多資料說吶鷗讀過慶應大學，錯誤。還有人把上海「震旦」大學誤為「復旦」。他的留學地是東京及上海，讀的科系是英文及法文，使得他除閩南話之外，還能操普通話、廣東話、上海話（均在上海學的），具備日、英、法等外語文能力。此外還學過拉丁文。

5 吶鷗第一志願是留學法國，但媽媽嫌太遠不准，只好選擇先去上海，不料這決定竟改變他的一生。

6 有些資料說此片捧紅李香蘭，錯誤，此片與李香蘭無關。林文月先生一家也住在江灣路，林家與劉家熟識。

7 據說是軍統特務下手。

八月，傳說經由胡蘭成推介，吶鷗接任《國民新聞》社長。

九月二日，《國民新聞》刊登「中國國民黨和平運動殉難同志追悼大會專刊」，汪精衛於第二版發表悼詞。

九月三日下午約二時十分，吶鷗於公共租界「京華酒家」遭狙擊，送醫途中死亡。中彈時以日語高喊「我被殺了」、「我被殺了」兩聲。

●

縱觀劉吶鷗的一生，他是個既複雜、又單純的人。

他的國族身分是複雜的。身為日治時期土生土長的臺灣人，血源是漢人，國籍掛的是日本，流利的日語文能力讓人誤以為他是日本人，剛到上海操一口笨拙的閩南腔普通話又常被當成福建人。生命即將隕滅之際，高聲喊著的卻是日本話。

他的政治身分是複雜的。他認識不少左派文人，如魯迅、馮雪峰、戴望舒、杜衡、葉靈鳳等。[8]

他創辦的雜誌、出版社出過左派文人的著作及馬克斯主義相關書籍，例如第一線書店出版胡也頻短篇集《往何處去》、水沫書店於一九二九年十月出版魯迅編譯的蘇聯盧那察爾斯基文選集《文藝與批評》、一九三〇年六月出版魯迅譯蘇聯《文藝政策》等，因此被右派、國民政府安了「提倡階級鬥爭」、「為共產主義宣傳」、「出版共黨刊物」

的帽子，被迫休業、書本禁止發售或暫緩發售。[9]

他和黃嘉謨提出「軟性電影論」，主張電影就是要娛樂大眾，要顧慮票房，是「眼睛吃的冰淇淋，心靈坐的沙發椅」（黃嘉謨語），和左翼主張的電影需有宣傳、教化、控訴、鬥爭、為廣大人民發聲服務的觀念不符，被嚴重攻擊。[10]

他進入國民黨的「中央電影攝影場」，並擔任「中央電影檢查委員會」委員，因此被左派人士罵為「右派」、「御用文人」。幫梁鴻志的南京維新政府做事（加入「中華電

8 查《魯迅日記》一九二八年二月三日記載：「晴。下午劉、施兩君來。」雖然未寫明劉、施兩君是誰，但我懷疑就是劉吶鷗及施蟄存，此三人當時都住在大上海區。因魯迅至少有兩本著譯作在水沫書店出版，故魯迅與劉吶鷗兩人認識應該是無疑問的。秦賢次老師亦口頭對我說，他聽說過，魯迅對於日文有不了解處曾經請教過吶鷗，甚至還曾向他預支稿費周轉。葉靈鳳係經由施蟄存而認識吶鷗等新感覺派文人，後來甚至偕新婚妻趙克臻搬到公園坊向吶鷗租房子住，時為一九三五年。這也證明吶鷗不愧是商人之子，懂得利用資金在上海買樓買地產當房東，算是臺商的前輩。林文月先生父親林伯奏當時在日本三井物產株式會社上海支店任職，與吶鷗合作投資房地產。

9 此段休業查禁資料可參考倪墨炎《現代文壇災禍錄》。

10 查中國幾本電影史書籍均津津樂道劉吶鷗的電影被「進步文人」、「左翼影界」批倒罵倒，「軟性電影論」形同失敗。事實上，劉吶鷗參與的電影都很賣座，有些甚至刷新票房紀錄呢！例如《永遠的微笑》、《支那之夜》等等。此段不可不查。而吶鷗也從未寫文做任何回擊。

影股份有限公司」），也在汪精衛的南京國民政府做過事（擔任《國民新聞》社長），還跟日本軍方、電影界合作，因此被人罵是「漢奸」。

在族群認同上，劉吶鷗到底是站在臺、日、中哪一邊？政治上，他到底是左派、右派？是共產黨同路人、國黨御用文人還是漢奸走狗？他到底是紅黃藍綠橙靛紫哪一營的呢？我無法代替他回答這些問題，恐怕他自己也沒有深究這些問題。他心中或許從未存在過這些分類問題。因為分類選邊問題是凡俗如我庸愴之輩們設想出來，並且強加於他身上的一個個框框而已。

就我閱讀資料所得的粗淺認識，他其實就是一個單純的人。

他啣金湯匙出生，夠有錢了，不必辛辛苦苦想方設法追錢營生，不必鑽營謀官，不必出賣靈魂求利，亦不必為五斗米折腰。所以他可盡情的實現理想。簡單歸納，他一生所追求的價值不外乎工作的品質及藝術（文學及電影）的呈現，這兩者又相輔相成，可能是受日式教育、傳統職人敬業精神所薰陶出來的吧？

故除了不認同國民黨電影政策之外，「中央電影攝影場」同仁工作態度懶散，也令他不爽不齒，索性辭職回上海。寫文章、譯文章，秉持自己的「感覺」，故文章走向沒有所謂左右派，不會吶喊徬徨，不會憂國憂民，更不涉政治立場。拍電影也是為了心中的藝術理念，他不管電影公司大老闆是誰，國黨、維新政府、汪政府、中國日本都行，只要能夠讓他製作出「未來的純粹藝術的、自由的」電影（三澤真美惠教授論文中用語）就去幹。

說起來可能他人難以相信，游走於左派、右派、國黨、梁政府、汪政府、日方等互相敵對陣營的吶鷗，曾說過對於為政治服務的電影很不屑。至於接任《國民新聞》社長，主要並非真想為汪精衛做事，想求什麼功名利祿，更大成分是因為情同手足的好友穆時英就死在這個位子上，留下一個攤子，想繼承好友遺志，情義相挺就是。

他就是這樣的一個文學人、電影人、商業人、國際人。

而這樣一個為了單純理想而奮鬥的人，在各種機緣交互作用下選擇「現身」於二、三〇年代的大上海，卻於不知不覺中逐漸被各方政治勢力拉扯而「陷身」於凶惡的明爭暗鬥，最終竟將短短三十六歲生命「獻身」給「魔都」上海，暴死異鄉，並蒙上政治污名，一生成就埋塵數十年，若不是靠一本《都市風景線》，他早已被人們遺忘。這不但是他個人的悲劇，也是大時代的悲劇。思之令人心痛！

近年來臺灣文學界、史學界、電影界有多位學者專家努力研究吶鷗的生平與成績，相關文件、紀錄影片、照片、口述歷史紛紛出土，更有許秦蓁老師用了寶貴的十年青春致力於劉吶鷗研究，完成碩士、博士論文，與康來新教授合編《劉吶鷗全集》六冊（並於二〇一〇年出版一冊《增補集》），與中央大學中文系團隊於二〇〇五年及二〇一一年主辦劉吶鷗國際學術研討會，將學術界研究吶鷗成果予以整理，呈現給社會大眾。

經六十多年的時光沖蝕，吶鷗先生終於被迎回溫暖的南國家鄉——臺灣，供後人瞻仰懷念。吶鷗研究並未告一段落，而是正要開始，有太多課題值得二十一世紀臺灣人繼續深入探討。

補記：

查找資料過程中，發現舊資料大都有誤。我好事將之羅列如下：

1. 金雄白著《汪政權的開場與收場》（李敖出版社，一九八八年一月十日，初版）：第九四節〈抗戰前後上海報業概況〉一段文字：「當丁默邨接盤《文匯報》後，穆時英、劉吶鷗奉丁之命，籌備出版期間，先後遭重慶方面暗殺身死。」（上冊，第三四六頁；第七六頁第二三節內也有類似敘述）短短一句話只有穆時英、劉吶鷗遭暗殺身死是正確的，穆、劉二位與《文匯報》業務無關，亦非奉丁之命，其他部分則至今仍無法證實。

2. 趙聰著《新文學作家列傳》（時報文化出版事業，一九八〇年六月三十日，初版）：第三六三頁，說穆時英「奉汪政權特務系統之命接管上海《文匯報》」，有誤。

3. 劉獻彪主編《中國現代文學手冊》（中國文聯出版公司，一九八七年八月，一版一刷）：第四〇〇頁「穆時英」條目將《國民新聞》誤為《國民日報》，將死亡年分誤為一九三九年。

4.李廣宇著《葉靈鳳傳》（河北教育出版社，二〇〇三年五月，一版一刷）：第一一四至一一五頁引用香港作家侶倫的說法，結果把穆時英、劉吶鷗遭暗殺的年分誤為一九三九年，兩人先後次序弄錯，吶鷗遇刺地誤為「新雅茶樓」。

5.葉兆言著《陳舊人物》（上海書店出版社，二〇〇七年四月一日，初版）：〈穆時英〉一文稱穆時英死亡在劉吶鷗之後，及二人身死當時《國民新聞》只在籌備尚未出刊，這兩點均誤。

6.黃仁著《臺灣電影百年史話》（臺灣學生書局，二〇〇四年十二月一日，初版）：第五二頁起，有關劉吶鷗的資料均需修正。

餘音似訴舊山河：劉吶鷗、李香蘭、林獻堂的臺灣往事

劉吶鷗過世後，尚有一件後續逸聞涉及大明星李香蘭與臺灣名士林獻堂。許秦蓁小姐著作《摩登、上海、新感覺——劉吶鷗（一九〇五—一九四〇）》提到，一九四三年，因演出《支那之夜》而紅極一時的電影明星李香蘭來臺灣拍攝《沙鴦之鐘（サヨンの鐘）》，工作完成後，沒有赴霧峰林獻堂先生的邀宴，反而是一路南下，直奔新營劉家探望，到吶鷗墳前祭拜上香，還和吶鷗家族拍大合照，造成新營地方大轟動。

這件事長久來只是鄉野傳聞沒有直接證據，但幾年前，吶鷗的後人從老家挖出一堆老相片，裡面赫然有李香蘭與劉氏大家族、與吶鷗母親、妹妹、遺孀合照及親自到吶鷗墳前上香等照片，甚至還有李香蘭送給吶鷗的簽名照，實物成為珍貴的史料。這些照片已收錄於許秦蓁小姐著作。

繼續往下談之前，必須先把這件往事釐清。因為其中有些夾纏複雜，牽涉不少人與事，有整理之必要。其實李香蘭共來過臺灣兩次，一次是一九四一年為了舉辦全臺巡迴演唱會；一次是一九四三年為了拍攝國策電影《沙鴦之鐘》。

李香蘭，本名山口淑子，生於一九二〇年二月一十二日，出生地是中國瀋陽郊外北煙臺。父親山口文雄、母親山口愛都是正宗日本人，自淑子祖父山口博那一代起就自日本遷居至滿洲發展，但李香蘭始終向世人隱瞞她是日本人的事實，直到日本戰敗，即將被當成「漢奸」審理的節骨眼，才說出真相。最近臺灣竟有媒體誤以為李香蘭就是川島芳子，這是天大笑話。川島芳子是冒充日本人的滿洲貴族，確實曾經和李香蘭熟識，被李尊稱為「大哥」，且在一九四八年就被國民政府槍斃了。雖然「芳子」與「淑子」日語發音都是「Yoshiko」，但此二人絕對不是同一人。

基於日本帝國控制滿洲的政策及宣導「中日滿親善」之需要，一九三七年由滿洲國制定法案、滿鐵出資，於滿洲國首都新京（長春）成立「株式會社滿洲映畫協會」（簡稱「滿映」）。「滿映」為了拍攝劇情片，需要一位能講流利中、日語，具備好歌喉，既年輕又貌美的滿洲姑娘，因此找到正在滿洲國奉天廣播電臺唱歌的李香蘭，條件完全吻合，於是李香蘭於一九三八年進入「滿映」，並且拍了第一部電影《蜜月列車》，當時才十八歲。

隨後拍了多部電影，越來越賣座，也曾和原節子、高峰秀子等知名女優合作，尤其為東寶拍的「大陸三部曲」：《白蘭之歌》（一九三九）、《支那之夜》（一九四〇年六月）、《熱砂之誓》（一九四〇年十二月），用日本男、中國女熱戀苦戀的愛情故事，包裝中日滿親善和平的政策與思想，在日本本國、殖民地臺灣都大受歡迎，很多影迷進出戲院看了好幾遍，幾首動聽的主題歌也讓影迷、歌迷們朗朗上口，李香蘭遂成為當時臺灣人心目中最紅的國際影歌星，電影主題曲原聲帶唱片在臺灣由柏野正次郎的「古倫比亞」唱片公司代理銷售，賣到嚇嚇叫。

有了這樣的成績，腦筋動得快的日本商人——開設於臺北市館前路的「南邦映畫工業社」老闆本村竹壽遂跑到東京接洽，擬邀請李香蘭來臺演唱，而竟然談成了！於是一九四一年一月八日，李香蘭由父親陪同，與樂隊一行共七人從日本神戶搭大和丸，十一日抵臺（《臺灣日日新報》，一九四一年一月十一日第四版），十二日起展開巡迴演唱會，造成全臺大轟動。

行程包括基隆戲院、臺北「大世界館」、新竹「新世界館」、「臺中座」、「嘉義座」、臺南「宮古座」、高雄「金至鳥館」，當時就有「追星族」粉絲團追著李香蘭全臺跑透透。一月十二日至十六日五天於臺北「大世界館」公演，門票定為一圓三十錢、軍人小孩七十錢，天天爆滿，購票人龍從成都路排到峨眉街。當時公務人員月薪大約十八圓，即可推知門票有多貴。

「阿罩霧」（霧峰庄）大名士林獻堂先生本身就是頭號影迷，且在臺灣人中身分地位夠高，李香蘭這趟來臺灣與他有不少互動。葉榮鐘先生編寫的《林獻堂先生紀念集．年譜》（海峽學術出版社，二〇〇五年十二月二十五日，一版）在一九四一年（時年六十一歲）一月十八日記載著：「日本歌星兼影星李香蘭來臺勞軍，專誠到霧峰相訪，因為設宴贈詩。」這條目寫得太簡略，以致略有失真。李香蘭來臺，首要是為了商業表演，勞軍是順便。至於到霧峰相訪，也是因為行程已經走到臺中，而且獻堂先生善盡地主之誼，還在臺北一起吃過飯，獻堂先生出口邀約了，基於禮尚往來，李香蘭就走一趟霧峰，尚難說得上是「專程」。這件事的細節可以查林獻堂先生的日記及詩作。

《林獻堂先生紀念集．年譜》：

一九四一年一月十四日：「與文化界同志受臺灣軍高級參謀田中清、憲兵分隊長杉原榮一、總督府保安課長下村鐵男招宴於江山樓。」十四日獻堂先生在臺北。

《灌園先生日記（十三）一九四一年》（中央研究院臺灣史研究所、近代史研究所，二〇〇七年六月出版），圖版第三頁文字：「李香蘭於一九四一年一月來臺，時為『滿洲映畫』的演員。林獻堂先參加十五日由臺灣民報社[1]舉辦的餐會，十七日與李香蘭搭同班車由臺北到臺中，十八日下午李香蘭在陸軍醫院勞軍、臺中座公演，然後到霧峰

1 應為「臺灣新民報社」。

林家接受晚宴。」

同頁附了李香蘭在臺中座公演的海報照片（趙水木先生提供），上面寫著：

蘇州之夜
處女的祈禱
熱唱　李香蘭
臺灣皇民奉公會中央本部選定
皇民奉公會之歌
古倫比亞唱片[2]

一九四一年一月十五日：「休憩至近午，雲龍、景山以自働車迎余至蓬萊閣。民報社專務林呈祿及社員吉富、呂靈石、林佛樹、黃澄（登）洲、林阿丙、竹內、黃德時招待滿洲映畫協會東京支社長茂木久平、李香蘭午餐，余亦為陪賓，共攝紀念寫真。」[3]

一九四一年一月十七日：「九時半之急行車出發，呈祿、萬俥、雲龍俱來相送，十二時在食堂始知李香蘭一行亦同車，在車中會辜偉甫（辜顯榮第六子）、陳煦。至臺中驛有千數百人待看李香蘭，擁塞幾無立錐之地。余待自働車時遇盧安，言有水裡坑人託其買臺中座之入場券，觀美人之心可謂盛矣。」

一九四一年一月十八日：「李香蘭一行之支配人（經理人、經紀人）本村竹壽[4]昨夜以電話來，言明日欲往陸軍病院慰問，請為引率（帶領），余未知其用意何在，許之。……余與猶龍[5]到常盤木[6]會李香蘭、本村、石川。始知本村之意，請余為引率者，蓋欲余出金賞樂隊也，李香蘭大不贊成。

十一時五十分，余與她姐妹同車，猶龍、友芬[7]亦同乘往陸軍病院，院長中佐倉島松一郎為余介紹傷兵百數十名。十二時十五分開演，指揮者宮川，先奏樂，繼唱歌，李香蘭唱二回，近一時閉會，又攝紀念寫真。她等往臺中座開演，余與猶龍、友芬到新民報社支局少憩，乃同到ホテル午餐。

後使猶龍持百五十圓交本村以賞樂隊，又贈李香蘭銀竹篋一個。香蘭六時半來霧峰，五弟、內子、猶龍、瑞騰、根生、梅子出為招呼，夜餐乃去。」

因此確定至少一九四一年這一趟，李香蘭曾訪霧峰接受林獻堂的招待。

---

2 個人認為這比較像是專輯唱片宣傳海報，而非演唱會海報。

3 此時李香蘭正在臺北「大世界館」演唱。

4 南邦映畫工業社負責人。

5 獻堂長公子。

6 可能是臺中「常盤木旅舍」。

7 王友芬，彰化市人，櫟社社員，獻堂好友。

為了這件事，林獻堂先生一口氣作了八首七絕（其中四首作於一月二十四日），總題為〈李香蘭〉（錄自《灌園先生日記（十三）一九四一年》）：

曾經蘇州夜曲歌。餘音似訴舊山河。
都門此夕人如海。獨對秋風感慨多。

蓬萊閣上喜重逢。談笑毫無芥蒂胸。
連日春風歌舞倦。嬌姿不改舊時容。

百張玉照署芳名。鐵筆如飛頃刻成。
門外香車臨就道。滿樓爭出送傾城。

纔竟晨粧臉似霞。南行且喜又同車。
驛亭圍繞三千眾。為看扶桑解語花。

翌朝如約來相訪。延客依然著寢衣。
坐向粧臺掃眉黛。纖纖似見遠山微。

率君軍院慰傷痍。將士聞歌欲忘疲。
顧盼曲終微一笑。掌聲雷動下臺遲。
香車遠訪霧峰庄。綠水青山引興長。
地僻盤餐無異味。惟將粗糲誑柔腸。
行程有定勢難留。銀筏聊將贈此遊。
他日重來堅後約。一帆無恙到瀛洲。

葉榮鐘先生為了這組〈李香蘭〉詩，也寫了首〈讀灌公李香蘭詩戲呈〉（錄自葉榮鐘先生《少奇吟草》）：

為詠一歌姬。
連吟八首詩。
逋仙非好事。
此意有誰知。

能夠一口氣寫了八首詩，絕非好事而已。詩中對李香蘭的巧笑豔容，著力刻劃，傾仰之心溢於言表，如果說「此中有深意」，那大概就是第一首了。發跡自中國，以「蘇州夜曲」走紅的李香蘭，讓詩人想起那片「舊山河」，雖臺北盛況人山人海，卻反引起一陣寂寞的感慨。不過，一月十八日應該算是冬天，或者早春，再怎樣也吹不到「秋風」，這大概是詩人的藝術手法吧？第四首有「為看扶桑解語花」句，難道那時候林獻堂先生已經知道李香蘭是日本人了嗎？

一九四一年一別後，林獻堂似乎直到一九四九年才又見到李香蘭。那年他到日本，於十二月二十一日在松竹的大船攝影所看李香蘭拍電影，也作了〈觀大船松竹攝影所〉詩。如此看來，李香蘭一九四三年二度來臺那次，根本沒去見林獻堂，並未實現「他日重來堅後約」。

李香蘭第二次來臺是為了拍電影《沙鴦之鐘》。拍了三個月。此片由臺灣總督府提供經費、由日本松竹映畫提供技術、由滿映提供劇本企劃及女主角，三方通力合作。劇情基本根據真人（泰雅族少女沙鴦）實事（沙鴦溺斃），但是細節經過政策性修改。

大致是講一九三八年臺灣宜蘭山地村日本警察兼教師武田先生奉召入伍，依限需於某日某時至某集合地報到。惟暴風雨來襲，道路崩壞，十七歲泰雅族美少女沙鴦及同伴不顧先生辭謝，執意要幫先生揹行李送行，以免誤了報國大計。不料，途中沙鴦不慎掉入急流中，香消玉殞，間接「殉國」。此事感動了臺灣總督，遂打造一口「沙鴦之鐘」

送給部落做為表彰紀念，並於遇難處建了一座「愛国乙女サヨン遭難碑」。

這個故事改編拍成電影，正好用來宣傳高砂族（原住民總稱）的皇民化成功、殖民地百姓心向內地、並且向國人號召「報國效忠」支持大東亞戰爭。這種國策電影就等於是後來中國的「雷鋒」或臺灣的「梅花」，只是日本人懂得用美豔溫柔的李香蘭當主角，插入許多動聽的主題歌，造成流行與話題，軟性甜蜜的包裝行銷更有技巧。

耐人尋味的是，拍攝地點並非故事發生地宜蘭，而是一九三〇年「霧社事件」發生地霧社，因當時霧社交通方便，而且總督府大概有向日本中央政府高層邀功之意，表示總督府已經將曾經野蠻不馴的霧社泰雅（賽德克）族「理蕃」成功了。而片中實況實景拍攝的原住民服裝、舞蹈、歌謠、建築、種稻、鋤草、蓄養等生活細節，竟意外成為今日寶貴的人類文化學紀錄影像資料。

根據葉龍彥先生著《日治時期台灣電影史》第三〇八頁及許秦蓁小姐著作，拍完《沙鴦之鐘》後，李香蘭抽空前往新營祭拜劉吶鷗墳墓，並問候其家屬。這個無足輕重的小故事，深深感動我。

一位當紅的國際影壇天后、一代歌姬，為何千里迢迢來到南國臺灣，辛苦工作之後，奔馳百多公里（南投霧社到臺南新營），親自到一位已經死去三年的朋友墳上上香？

葉龍彥先生說，可能李香蘭只是奉日本軍部命令問候遺族，表達善意，做個例行公事而已。

又說，可能因為李香蘭與劉吶鷗在上海曾有很好的友誼。李香蘭是一九四〇年為了拍攝《支那之夜》才第一次到上海。而劉吶鷗正是《支那之夜》的出資人（應援者）之一。

另外，也有人把「很好的友誼」做了浪漫聯想，認為他們根本就是戀人。傳說劉吶鷗遇刺那天，之所以離開「京華酒家」的聚會，就是為了往直線距離僅約九百公尺的「國際飯店」會見李香蘭。日本的田村志津枝女士於二〇〇七年九月出版的《李香蘭の恋人——キネマと戦争》一書就主張吶鷗與李香蘭可能有男女戀人關係。

我想，李香蘭拜墓之行應該不只是例行公事而已，要做這種事早在一九四一年就該做，兩三年後才做未免太晚。也不必動用到李香蘭，直接找軍方或政界有頭有臉的高層人士出面也可以。況且，劉吶鷗並沒有為日本軍部工作過。

我傾向於李香蘭此行拜墓是私人行程。可能是劉吶鷗對於李香蘭有知遇之恩，基於劉吶鷗的提攜資助，促成電影《支那之夜》，進而使得李香蘭大紅大紫，是這樣的因緣，讓李香蘭飲水思源，覺得非得到吶鷗墳前一拜，以盡人情義理吧？

當然，如果有更確實的證據出現，或者李香蘭自己招供承認「戀人關係」，我能接受。畢竟，李香蘭與劉吶鷗一樣，同屬國族身分複雜之人。她擁有純正日本血統，卻長期在戲裡戲外「扮演」中國人。各方政治勢力不知在她身上強加多少「國家」、「民族」的大框框，而她只是一個二十歲小姑娘，「國族」招牌與暴得之名、利真太沉重。

這樣的兩人在風雲際會的魔都上海捲入命運邂逅，惺惺相惜，甚至墜入情網，極有可能。田村志津枝把這兩人合寫於一本書內，確實有道理。然不論真相如何，李香蘭拜墓是事實，能夠不辭千里萬里來到好友、或者恩人、或者戀人墳前一拜，這件事本身是多麼地有情有義，甚至，十分悽美……。

林獻堂先生為了李香蘭寫了八首詩，我則是為了幾張李香蘭的照片而花了好幾天抄了一堆書。「苦茶雖好事，此意有誰知？」其實「此意」也並非什麼大不了的「意」，只是不小心被亂世才子、佳人那段被湮沒的往事感動。這樣的人物、這樣的情義，在世態炎涼的現代也不多見了。

補記一：

許雪姬教授於葉龍彥先生著《日治時期台灣電影史》一書序文中寫到，林獻堂先生與長子於一九三七年十月二十一日在日本的「日本劇院」聽過李香蘭唱歌。但一九三七年的李香蘭還在滿洲的廣播電臺唱歌，要到一九三八年才進滿映開始演電影，以一個尚未大紅大紫的十七歲少女歌手，似乎不太可能跑到日本本土大劇場登臺。

但是李香蘭從臺灣回來後，確實於一九四一年二月中在東京有樂町「日本劇場」登臺演唱。而且受歡迎程度非常誇張，二月十一日開演那天，爆滿觀眾擠得秩序大亂，人龍圍繞「日本劇場」七圈半。連李香蘭自己都擠不進去，還被火氣大的觀眾嗆聲：「到後面去排隊！」只好由警衛把李香蘭抬進戲院。那天已經接近暴動程度，聽說出動了騎警，消防隊動用消防車水柱衝散群眾，很多人衣服被扯破、木屐也掉了，甚至隔壁報社外停放的汽車也被推倒好幾部。史稱「日劇七圈半」事件。

補記二：

與灌園先生常相唱和的詩人企業家陳逢源先生（一八九三—一九八二）也寫了一首七絕〈聽李香蘭唱歌〉（《溪山煙雨樓詩存／淡江集》，第三九頁，一九八〇年八月出版）。

大珠小珠落玉盤。
嬌聲高徹碧雲端。
長衫修束身材好。
合作中華女子看。

補記三：

李香蘭於一九四七年改回本名山口淑子，一九五八年嫁外交官冠夫姓為大鷹淑子，並從政，曾當選參議員。二〇一四年九月七日因心臟衰竭於自宅去世。

張大千與巴西荒廢之八德園

最近因畫作藏身立院多年不為人知、巨作〈愛痕湖〉拍賣破一億人民幣天價及「張大千畫冊暨文獻展」的舉辦，使得人們又憶起藝壇大師張大千。這些新聞讓我想起我藏的一件關於張大千的出版品。

幾年前我在光華商場某舊書店角落書堆裡發現這套《張大千巴西荒廢之八德園攝影集》。此集外套一厚紙板製鐵灰色外函，我以為裡面收著精裝書，打開來看，卻不是書，而是四輯黑色內函，每函收有複製照片十八張，總共七十二張，每張約A4大小。由國立歷史博物館於一九七九年七月出版。

附有臺靜農先生寫的序，此序並未收入臺靜農先生任一本文集內，僅在陳子善先生編輯，由上海教育出版社於一九九五年八月出版的《回憶臺靜農》一書中以佚文方式收錄。

一九四九年風雲變色之際，張大千藉由陳誠、張群的協助，萬急中無奈捨棄家當及

《張大千巴西荒廢之八德園攝影集》外套一厚紙板製鐵灰色外函，收有四輯黑色內函，每函收有複製照片18張，總共72張。

家人，僅將太太之一的徐雯波、小女兒及最愛的幾幅畫從成都接出來。因現實顧忌與考量，他沒定居臺灣，而是轉往香港、印度等地棲停。隨後時局持續動盪，即使香港、印度亦非久留之地，據說經由朱省齋（朱樸）的游說與中介，他忍痛出售兩幅隨身藏畫：董源〈瀟湘圖〉和顧閎中〈韓熙載夜宴圖〉，得美金兩萬元，遠飄至南美洲定居。

起先住阿根廷曼多灑，不到一年，居留權有問題，經由巴西朋友勸說，遂於距巴西聖保羅城約七十五哩處買下一塊兩百多華畝的農地，經營成中國式園林，命名為「八德園」，時為一九五四年。

「八德園」之名並非來自「四維八德」，而是因此園原有柿樹一千多株，依據《西陽雜俎》的說法，柿有七德，即「一壽、二多陰，三無鳥巢，四無蟲，五霜葉可賞，六嘉實，七落葉肥大可習字」，大千居士聽說柿葉泡水吃下可治胃病，於是加上一德成為「八德」。

園內以人工鑿一池，廣約三十華畝，名為「五亭湖」，湖畔蓋了五座涼亭，供大千賞湖休憩躲雨之用。

花木植栽最費神。保留原有柿樹，拔除所有玫瑰，只因它是洋花，改種梅、牡丹、芙蓉、杜鵑、海棠等中國常見花。樹木則種松、柏、竹，也是中國樹。巴西無奇石，則自臺北、東京運來。有一年，大千返臺遊天祥太魯閣時，見溪谷中橫躺的大理石，流麗天成，嘆恨不能搬它幾顆回巴西。動物則養了巴山猿、西藏狗、波斯貓等。無生命的物品也善待之，畫筆用壞後不忍棄，特設一「筆塚」以供養。

他刻意刪除異國之洋草洋木，增設傳統中國符號之屋、亭、石、花木，裡面住著一對中國仙人與美女。將八德園塑成心目中「文化中國」的「小盆景」。這一「小盆景」必須精準無誤地移搬至海外，始能成為他身心靈依託之所。

造園過程發生一件憾事。大千對於奇石的擺設，不但親自構思，還常常下去與工人一起搬運，樂此不疲。有一次搬石用力過猛，雙眼發黑，本以為休息後沒事，不料並無好轉，緊急遠赴美國就醫，方知眼球血管破裂，且受糖尿病影響，病況複雜。從此眼力再沒有復原過。

大千精心打造八德園歷十數年，耗資美金一百七十五萬，勞盡心力。可惜此園終究不能長住長存。一來巴西即將與中國建交，二來巴西政府計畫建水庫，八德園就在徵收範圍內。預計一九八九年起蓄水，淹沒八德園。與其政府來趕人，不如自己先動身。大千只好忍痛放棄此園，一九六九年遷入美國加州「可以居」。

大千有位好朋友王之一，攝影記者出身，與大千同遊巴西之後也定居下來，還辦了中文《巴西僑報》，也是一位藝壇傳奇人物。一九七八年，大千拜託王之一拍攝已經荒廢的八德園現況。王之一花了兩三個月時間完成這任務。但預定要空拍的直升機竟然意外墜海，於是沒有拍到八德園全景。王之一將二十多卷底片送到臺灣沖洗，由大千親自挑出七十二張新舊照片，於一九七九年三月四日在國立歷史博物館舉辦「張大千八德園影集圖片展」。同時大千還畫了〈八德園全圖〉以彌補無法拍攝全景照片的遺憾。

王之一後來寫了一本書《我的朋友張大千》回憶與大千之間的交遊，此書由漢藝色研於一九九三年三月一日出版。

大千慣於紙上作畫，八德園的建造則是於異邦大地上「作畫」，企圖造出精神上的故國縮景，作一寄託。可嘆這小天地亦不免遭沉淪厄運，「生涯半世轉飄蓬」，〈槃河〉詩句，早成詩讖！八德園尚未沉入湖水前，大千就於一九八三年與世長辭了。

（原載二〇一〇年十月十七日《中國時報》人間新舞台）

補記：

在網路上找到王之一先生生平事蹟，並參考蕭永盛著《影心．直情．張才》一書及王瑞先生文章，整理如下：

王之一先生一九二〇年出生於上海。少年王之一當年在上海偶然參觀了郎靜山的攝影作品展覽，看得入迷，受到在場的郎靜山格外注意。已是大師的郎靜山主動與這年少觀眾搭話，從此不但指引他步入攝影生涯，而且相濡以沫結為終生至交。

一九四二年進東京日本大學藝術系攝影科，畢業後先在日本，後回中國、臺灣擔任專職攝影記者。一九四六年上海《生活》畫報派他來臺灣收集資料，隨後在臺灣成立臺灣新聞社，供給大陸及臺灣各報刊新聞照片及資料。名畫家黃永玉當時是他同事，因目睹二二八事件而嚇得逃回中國。一九四七年二二八事件他記錄了當時暴動及死傷，還被抓進拘留所審問，差點沒命，目前能找到的二二八事件現場影像大都是由王之一先生拍攝。

與臺灣攝影家張才和鄧南光等人結識成為好友。一九五四年去日本東京仍任攝影記者，一九五六年應張大千之邀去巴西旅遊後移居當地，一九六〇年創辦《巴西僑報》，一九八六年退休後移民美國，住在洛杉磯。二〇〇七年過世。

小劍花室談吳魯芹

最近於舊書店淘得傳記文學版《雞尾酒會及其他》。這本入手後，收藏吳魯芹先生著作就只差《台北一月和》。

吳魯芹散文，我認為較偏向「雜文」。「雜」與「散」之間並無高下之分。先生文章充滿高雅的自嘲，低調的暗諷，旁徵博引，小題大作，意態輕鬆，文風走的是歐美知識分子ESSAY路子。年輕讀者看熱鬧，中老年讀者看門道。「幽默」是他的風格之一，而質地厚重、學術性濃的文章係本色當行，當然也能寫得，例如《英美十六家》。介於散文與小說之間的〈小襟人物〉緬懷故友，意在言外，那種悠淡的傷感，風度氣質直追魯迅的〈范愛農〉。

當我還是青少年時就聽過吳魯芹大名。然而也僅只聽過，以我稚嫩的程度尚無法拜讀大作，頂多在報紙副刊上瞄過這個名字。直到我開始認真收集書話文章，方與吳魯芹散文結緣，大概就是那篇〈我和書〉。

讀〈我和書〉之前，以為會見到一位書癡的自剖與懺悔，沒想到先生並非為了書餓肚皮的癡人，他對待書的超然態度與我原先設想完全不同。要等我自己年歲漸長，才知，書癡也是會進化的。歷經歲月淘洗，看過成住壞空，知世事萬物不能恆久之理，人的得失心終將沖淡，癡狂之心轉成豁達大度。而那些曾珍愛過的書已進駐他靈魂之中。書的養分不經意或有意流洩筆端化為文字。

能夠淘得這本傳記文學版《雞尾酒會及其他》，完全靠運氣。因為是在舊書店「美食與食譜」專櫃裡發現。此事若讓天上的吳先生得知，大概會微笑說：「Why not？」

（原載二〇一四年五月《本事．青春：台灣舊書風景展刊》，舊香居出版）

《未埋庵短書》擇抄：周棄子評周作人〈五秩自壽詩〉

讀詩人周棄子先生遺作《未埋庵短書》，發現書中有一段文字提到知堂先生周作人，資料可貴，遂將它抄出，以饗同好。

周棄子係於《未埋庵短書》〈談打油詩〉一文（領導版，第一九〇頁）提到周作人：

抗戰前兩三年，那個後來做了漢奸的知堂老人周作人，在雜誌上發表了一首打油詩：

前世出家今在家，不將袍子換袈裟。
街頭終日聽談鬼，窗下通年學畫蛇。
運去無端玩骨董，閒來隨分種胡麻。
旁人若問其中意，請到寒齋吃苦茶。

這首詩當時論語派中人，大捧特捧，一和再和。弄得轟動一時，引起左派文人的攻擊。林語堂等為他辯護，於是又有了什麼『寄沉痛於悠閒』的說法。這說法的本身當然也有點道理，但周作人的原詩，確實不夠這標準。除了末尾兩句，略有一絲感慨之外，前幾句都湊得很，頭兩句尤其空。嚴格的講，這首詩，只是既非正規、又非打油的四不像，當時可算是浪得名了。

這段文字很明白，不過顧及某些讀者或許對於中國三〇年代文壇及知堂先生背景細節不很熟悉，我姑且妄作箋注，努力抄書，嘗試做簡單說明。

「抗戰前兩三年」：指公元一九三四年。

「後來做了漢奸」：一九三七年七月二十九日，日軍進入北平。周作人自稱因家累不能南行而留守北京大學。後來在諸多因素作用之下（過程複雜，在此無法詳述），一九三九年一月十二日接任臨時政府控制下北京大學圖書館館長一職。一九四〇年十二月十九日，汪精衛國民政府中央政治委員會第三十一次會議通過「特派周作人為華北政務委員會委員，並指定為常務委員兼教育總署督辦」，等於是教育部長。一九四三年二月八日被解職。二戰結束後，一九四五年十二月六日被蔣介石國民政府軍警於家中逮捕[1]，一九四六年五月二十七日押送南京老虎橋監獄，其後受審、定罪、服刑。

1 倪墨炎《苦雨齋主人周作人》記為一九四五年十月六日，有誤。

刊號。

「雜誌」：係指林語堂先生創辦，於一九三四年四月五日出版的《人間世》雜誌創

「發表了一首打油詩」：按周作人五十歲壽辰為一九三四年一月十五日。當天八道灣周家設宴五席。五十歲數讓周作人頗生感觸，在一月十三日、十五日各作一首「牛山體」打油詩。原本只是手寫抄送親朋好友，林語堂得到一份後，似乎未曾得到知堂老人同意，即將兩首打油詩發表於《人間世》創刊號，且加上題目：〈五秩自壽詩〉（也有文獻寫成〈五十自壽詩〉），還附了一張大照片。故周棄子說「一首」，不精確。說「發表」，也不盡然對，至少並非知堂老人主動刻意請林語堂發表。

「前世出家」：據說周作人出生當晚，一位堂房阿叔半夜在內堂撞見一貌似僧人的白鬚老者，旋即不見，恰巧周作人於後半夜出生，故族人傳言周作人乃老僧投胎，周作人自己也頗喜歡這個傳說，不但拿來入詩，晚年寫回想錄也提到。

「畫蛇」一詞，本不必箋注，大致有「畫蛇添足」無聊多閒之意。不過，最近我翻書比對才了解，就在一九三三年十月，寫自壽詩前不久，周作人才寫了一篇名為〈畫蛇閒話〉的文章（後來收錄於《夜讀抄》），該文對古人一班老夫子們只知禮教道德，不懂物理、人情頗不以為然，譏刺一番：「只會閉目誦經，張目罵賊，以為衛道，亦復可笑。」

「運去無端玩骨董」：查周作人手稿，此句應為「老去無端玩骨董」。

「請到寒齋吃苦茶」：周作人一九六五年十二月二十八日致鮑耀明書信中解釋，此句

典故來自夏目漱石的《吾是貓》下卷：「苦沙彌得到從巢鴨瘋人院裡的『天道公平』來信，大為佩服，其末尾一句，則為『御茶でもあがれ』此即是請到寒齋吃苦茶的原典也。」

至於「苦茶」原也不必箋注，不過周作人文章中常出現的苦茶，似乎不是臺北重慶北路「苦茶之家」那種苦到忘記自己腦袋尚在否的「苦茶」，應泛指一般綠茶、清茶、臺灣話的「茶米茶」。周作人在〈關於苦茶〉文中說：「一位友人因為記起吃苦茶的那句話[2]，順便買了一包特種的茶葉[3]拿來送我，這是我很熟的一個朋友，我感謝他的好意，可是這茶實在太苦，我終於沒有能夠多吃。」可見若真是苦味之茶，自號苦茶庵的知堂老人也弗能受用。

「論語派」：一九三二年九月十六日，林語堂和潘光旦、李青崖、邵洵美、章克標等創辦期刊《論語》，他們稱：「我們同人，時常聚首談論……這是我們『論』字的來源。至於『語』字，就是談話的意思，便是指我們的談天。」這份半月刊以「幽默閒適」和「性靈嬉笑」見長，借「笑」暴露黑暗現實，有諷世之意。常寫文章發表於《論語》的這幾位作家被稱為「論語派」，林語堂即是這一派的代表人物。

「左派文人」：當時攻擊最力又最有名的左派文人是廖沫沙、胡風幾位。

2 即「請到寒齋吃苦茶」句。

3 苦丁茶，苦茶之家的苦茶？

內容。

那麼，左派文人為何要罵要攻擊呢？這個問題滿大的。不如先了解原詩及眾人和詩

當時《人間世》雜誌上刊登知堂先生的另一首打油詩全文如下：

半是儒家半釋家，光頭更不著袈裟。
中年意趣窗前草，外道生涯洞裡蛇。
徒羨低頭咬大蒜，未妨拍桌拾芝麻。
談狐說鬼尋常事，只欠工夫吃講茶。

詩本身的問題暫且不論，但是這兩首詩一定是觸動了當時文人們的某一條神經，啟動了心靈上某個機制，導致幾位知名文人紛紛唱和，一和再和，你和我也和，滿城轟動，終於把左派文人惹火，鬧出一件不大不小的文壇風波，其中幾位甚至結下一輩子的恩怨。

《人間世》創刊號同時刊登劉半農、沈尹默、林語堂的和詩。其中林語堂的〈和京兆布衣八道灣居士豈明老五秩詩原韻〉：

京兆紹興同是家，布衣袖闊代袈裟。

祇戀什剎海中蟹，胡說八道灣里蛇。
織就語絲文似錦，吟成苦雨意如麻。
別來但喜君無恙，徒恨未能與話茶。4

林語堂詩不脫幽默本色，第二聯結合「胡說八道」及「八道灣」頗搞笑促狹，按當時周家即坐落於北京「八道灣」。

第三聯的「語絲」係指以魯迅、周作人兄弟為代表人物的文學社團「語絲社」及《語絲》週刊。

「苦雨」係周作人作品中的重要意象之一，因八道灣周家遇雨即積水，輒為雨所苦，故周作人取齋名為「苦雨齋」，大書家沈尹默為之題字。

而沈尹默的和詩兩首，其一為：

五十平頭等出家，兩重袍子當袈裟。
無意降龍和伏虎，關心春蚓到秋蛇。

---

4 業強版錢理群《凡人的悲哀——周作人傳》書中此句作「徒恨未能『共』話茶」，倪墨炎《苦雨齋主人周作人》書中此句作「徒恨未能『與』話茶」。

先生隨處看桃李，博士平生喜豆麻。
這種閒言且休說，特來上壽一杯茶。

《人間世》第二期刊登蔡元培和詩兩首、沈兼士和詩一首。蔡元培和詩全文如下：

其一：

何分袍子與袈裟，天下原來是一家。
不管乘軒緣好鶴，休因惹草卻驚蛇。
捫心得失勤拈豆，入市婆娑懶績麻。[5]
園地仍歸君自己，可能親掇雨前茶。[6]

其二：

廠甸灘頭賣餅家，肯將儒服換袈裟。[7]
賞音莫泥驪黃馬，佐斗寧參內外蛇。
好祝南山壽維石，誰歌北虜亂如麻。

　　春秋自有太平世，且咬饃饃且品茶。

蔡元培另有一首和詩〈新年用知堂老人自壽韻〉寄給周作人，幾十年後才發表於《知堂回想錄》：

　　新年兒女便當家，不讓沙彌袈了裟。[8]
　　鬼臉遮顏徒嚇狗，龍燈畫足似添蛇。
　　六么輪擲想贏豆，[9]教語蟬聯號績麻。[10]

---

5 原注：君已到廠甸數次矣。

6 原注：君曾著〈自己的園地〉。

7 原注：君在廠甸購戴子高論語注。

8 原注：吾鄉小孩子留髮一圈而剃其中邊者，謂之沙彌。癸巳類稿三，精其神一條引經了筵陣了亡等語，謂此自一種文理。

9 原注：吾鄉小孩子選炒蠶豆六枚，於一面去殼少許，謂之黃，其完好一面謂之黑，二人以上輪擲之，黃多者贏，亦仍以豆為籌碼。

10 原注：以成語首字與其他末字相同者聯句，如甲說「大學之道」，乙接說「道不遠人」，丙接說「人之初」等，謂之績麻。

樂事追懷非苦語，容吾一樣吃甜茶。[11]

錢玄同發表和詩刊登在第三期（錢理群說錢玄同率先和詩，有誤）：

其一：

但樂無家不出家，不皈佛法沒袈裟。
腐心桐選祛邪鬼，切齒綱倫打毒蛇。[12]
讀史敢言無舜禹，談音尚欲析遮麻。
寒宵凜冽懷三友，蜜桔酥糖普洱茶。[13]

其二：

要是咱們都出家，穿袈是你我穿裟。
大嚼白菜盤中肉，飽吃洋蔥鼎內蛇。
世說專談陳酉靺，藤陰愛記爛芝麻。[14]
羊羔蛋餅同消化，不怕失眠盡喝茶。

提倡白話詩最力的胡適也寫了〈和苦茶先生打油詩〉：

先生在家像出家，雖然弗著啥袈裟。
能從骨董尋人味，不慣拳頭打死蛇。
吃肉應防嚼朋友，打油莫待種芝麻。
想來愛惜紹興酒，邀客高齋吃苦茶。

其二〈再和苦茶先生，聊自嘲也〉：

老夫不出家，也不著袈裟。
人間專打鬼，臂上愛蟠蛇。

11 原注：吾鄉有吃甜茶講苦話之語。

12 「桐」，桐城派。「選」，文選學。當時支持五四新文化運動的人士以「桐選」來暱稱守舊抱殘的老派文人。

13 錢玄同自注：「也是自嘲。」

14 原注：西鞢，Humor之一譯音。Humor通譯幽默。

不敢充油默，都緣怕肉麻。
能乾大碗酒，不品小鍾茶。[15]

基本上大家都寫得風趣幽默，自諷自嘲，這是這幾位自由主義分子在當時政治、社會氣氛下，僅能表達的小小不滿，遂退化為些許消極閉世心態。自五四以來已歷十數年，經現實生活磨難，思想不復當年那般「浮躁凌厲」（知堂致俞平伯信中語）矣。行動上更加使不上力，只能玩骨董、喝苦茶了。幾位名人雅士和得高興，詩句中瀰漫濃濃閒散氣息，終於引起思想前進的左翼文人及時代熱血青年們反譏及反擊。

胡適在給周作人信中曾抄錄了廣西寄來署名「巴人」所寫〈和周作人先生五十自壽詩原韻〉五首，其一〈刺彼輩自捧或互捧也〉節錄如下：

幾個無聊的作家，洋服也妄充袈裟。
大家拍馬吹牛屁，直教兔龜笑蟹蛇，……
飽食談狐兼說鬼，群居終日品煙茶。

其二〈刺從舊詩陣營打出來的所謂新詩人復作舊詩也〉節錄如下：

失意東家捧西家，脫了洋服穿袈裟。
自愧新詩終類狗，舊詩再作更畫蛇。

其三〈刺周作人冒充儒釋醜態也〉節錄如下：

充了儒家充釋家，烏紗未脫穿袈裟。
既然非驢更非馬，畫虎不成又畫蛇。

此外還有〈刺疑古玄同也〉、〈刺劉半農博士也〉等，有和皆刺，字句非常辛辣，火氣也大。這位「巴人」先生的「和詩」恐怕更不能入棄子先生法眼，但是卻道出當時左翼青年們的心聲及對周作人這群人士的不滿。

不滿的人還有廖沫沙，四月十四日用筆名「埜容」於《申報》的「自由談」發表〈人間何世?〉一文開戰，文中也有和詩：

15 胡適在信中自注：「昨詩寫吾兄文雅，今詩寫一個流氓的俗氣。」

先生何事愛憎家？把筆題詩韻押裟。
不趕熱場孤似鶴，自甘涼血冷如蛇。
選將笑話供人笑，怕惹麻煩愛肉麻。
誤盡蒼生欲誰責，清談娓娓一杯茶。

按此篇名〈人間何世？〉亦有典故，因《人間世》係林語堂辦的另一種期刊。「選將笑話」一句係指知堂於一九三三年出版的《苦茶庵笑話選》。

胡風隨即發表〈過去的幽靈〉，指責：「當年為詩底解放而鬥爭過的〈小河〉的作者，現在在這裡『談狐說鬼』。」[16]並質問：「周先生現在自己所談的鬼，聽人家談的鬼，是不是當年他翻譯〈愛羅先珂〈過去的幽靈〉〉的時候，叫我們防備的幽靈呢？昔日熱烈地叫人防備，現在卻促膝而談之，不曉得是鬼們昔日雖然可惡而現在卻可愛起來了呢，還是因為昔日雖然像現在的批評家似的『浮躁』，而現在的八道灣居士卻功滿圓成，就是對於小鬼也一視同仁了？」這話罵得凶，導致晚年知堂對於胡風仍是恨得牙癢，一輩子記得。

甚至遠在馬來西亞，也有人出來罵。在檳城有位隨安老人於當地的《繁星》雜誌發表一首和詩：

遼陽歸雲已遠家，逃世難披一襲裟。
願入深山驅猛虎，誓將飛劍抉長蛇。
機聲嚇斷黃粱夢，氣素沖銷粉腿麻。
塞外青紗昏慘慘，幾人到此品新茶？

五十自壽詩發表於一九三四年，那時候全世界都在亂，政治、經濟的鼎沸只是在醞釀著第二次世界大戰。國際上，日德義蠢蠢欲動，日本步步侵逼中國，中國境內則是共產黨和國民黨進行武裝內鬥，內外交逼、國家動盪之際，當年五四健將、五四導師周作人為何逃避現實，聽鬼畫蛇，喝茶聊天，不問國是，背叛五四新文學新思潮熱血救國的傳統？這是左翼文人及熱血青年所不解，並心生憤怒的一關鍵點。

風波鬧大了後，林語堂在《申報》的「自由談」上發表〈周作人詩讀法〉為知堂辯解，認為周作人自壽詩係「寄沉痛於悠閒」，「長桀沮溺乃世間熱血人，明人早有此語」……「後之論史者，每謂清談亡國，不啻為逆閹洗煞，陋矣，且亦冤矣」！時人把亡國責任全推到清談文士身上，等於替執政者卸責，對文人太冤枉了。

16 按〈小河〉係周作人於一九一九年二月十五日發表的一首白話詩，詩中洋溢悲天憫人的憂鬱，是五四前後重要的一首白話詩。

多年以後，知堂寫《知堂回想錄》時，認為這件公案還是以魯迅的批評最為適當。魯迅當時沒有公開他的看法，直到《魯迅書簡》發表後，知堂才看到。一九三四年四月三十日，魯迅在寫給曹聚仁的私人信件中，寫到：「周作人自壽詩，誠有諷世之意，然此種微辭，已為今之青年所不瞭，群公相和則多近於肉麻，於是火上添油，遽成眾矢之的，而不作此等攻擊文字，此外近日亦無可言。此亦『古已有之』，文人美女必負亡國之責，近似亦有人覺國之將亡，已在卸責於清流或輿論矣。」他的看法與林語堂類似。

難能可貴之處在於魯迅寫此信時，距離他們兩兄弟「相罵毆打」失和、不相聞問已經十年，魯迅還能客觀評論此事，真正了解自己兄弟，知堂感到「佩服」。論事該持平時就是持平，由此亦可見魯迅處世的性格。數十年光陰過去，魯迅已逝，知堂已老，寫回憶錄時想到了這封信，體會到魯迅的「理解」，知堂的心中除了佩服之外，不知是否曾感到一絲暖意呢？

跑野馬跑得太遠，再重新回到周棄子評知堂打油詩乙節。

總的看來，詩人周棄子果然是渡海大家，首先即以高標準來定義「打油詩」。他認為先要傳統、正宗舊體詩作得好，才能作好「打油詩」。一般常見油嘴滑腔、粗鄙不文的「打油詩」根本不是打油詩，甚至根本不是詩，不值一顧。以他的標準來看知堂〈五十自壽詩〉，是又湊又空，四不像，全然不夠格稱為打油詩。

棄子先生以傳統舊體詩高標準定義「打油詩」在先，又用這標準來檢驗一首由不是專業詩人的「詩人」所寫，原本僅自娛自樂的「打油詩」，敝人覺得彷彿是重量級拳手在賽場上挑選一位羽量級選手，然後一出拳就用盡力氣企圖把對方擊倒。對原則毫不妥協，由此亦可見棄子先生處世的性格。

至於詩中的聽鬼畫蛇，曾經被左翼文人攻得體無完膚的部分，棄子先生沒有意見。「……於是又有了什麼『寄沉痛於悠閒』的說法。這說法的本身當然也有點道理……」可見棄子先生畢竟橫跨新舊時代，思想上或許可以理解知堂、語堂他們當年的心境。

回顧當年一場風波，倒是沒有人針對〈五十自壽詩〉是不是符合詩格詩律、表達能力、湊不湊、空不空進行批判。大概當年人人了解知堂先生原本就非傳統詩人，雖然受過舊式教育，新、舊詩也寫了一些，拿手的卻是翻譯、散文、雜文等新文學項目。罵的重點在思想，不在格律技巧。

至於是否「浪得名」，知堂先生在寫〈自壽詩〉之前就已夠有名，〈自壽詩〉問世後不論得到美名罵名，都是他人強加的，知堂自己既無預期，也無能左右。不管這個名「浪不浪」、「得不得」，這兩首詩及引起的風波已經留名中國三〇年代文學史了。

知堂老人倒是有自知之明。在《回想錄》裡說：「本來是打油詩，乃是不登大雅之堂的東西，挨罵正是當然。」不登大雅之堂的東西，因為作者的名氣，竟亦皇皇登上那個堂。也果然挨罵了。當年就已經被罵得慘，豈知數十年後還要挨罵。此人後半輩子在挨罵中過，所謂「挨罵正是當然」，說得也很心酸。

一九六四年，八十歲的知堂又寫了八十自壽詩一首，但不敢再發表了，只錄示二、三友人，聊作紀念。

從這件風波中，我倒有個體悟，知堂〈五秩自壽詩〉其中透出「寄沉痛於悠閒」的心情，是否與周棄子先生渡臺後悲觀消極、喪氣沉鬱的心態有若干相似之處呢？讀周棄子先生文章，覺得他的消極，還混雜更多個人情感因素，恐怕比知堂的消極更消極。

行文至此，歹戲拖棚，本該結束，不意翻閱文訊雜誌二五七期（二〇〇七年三月號），發現內有一篇彭歌先生懷念周棄子先生的文章〈此世只是一夢——寂寞詩人周棄子〉文章結束處，彭歌先生寫了：「他（按：棄子先生）最喜歡的一句話，是日本作家永井荷風說的：『凡是無常、無望、無告的，使人嗟嘆此世只是一夢的，這樣的一切東西，於我都是可親，都是可懷。』在他去世二十多年之後，我漸漸懂得了『此世只是一夢』的道理，更加深了對他的懷念。」

啊，周棄子先生最喜歡的永井荷風《江戶藝術論》這段話，正是知堂先生翻譯的！這段文字也是知堂最喜歡的一段，常常在自己文章內一引、再引、三引，永誌不忘，凡是愛好知堂文章的朋友都幾乎會背了。萬想不到竟然在這個地方找到兩位文學大家心靈思想相通的交集點。

透過彭歌先生的文章讓我讀到一向不熟悉的棄子先生的個人心境。透過永井荷風的文字，證明知堂與棄子二位確實在美學素養與人生情懷上有某些相似之處。冥冥中似乎有不可測的力量適時提供知堂與棄子之間另一條聯繫給我，似乎翻出一個答案給我，又好像同時遞出另一個問題給我。

唉，知堂著作如海般廣，棄子心事如海般深，我只是一個剛剛抵達海邊的遊客，被海水輕輕浸濕腳跟而已。如果想測文學之海多麼深廣，還有很多書要繼續找，還有很多書要繼續讀。

月夜看鐙纔一夢：《錄鬼簿》與藏書家的故事

二〇〇八年四月二十日晚上十點，公共電視臺播出一部時裝單元電視劇，劇名有些嚇人，叫做《錄鬼簿》。

本劇劇名係借用元朝鍾嗣成著作《錄鬼簿》。這本《錄鬼簿》內容並非鬼狐仙怪，而是作者為他的戲曲家朋友們所編的作品目錄。電視劇裡，神秘的舊書店老闆李泰白（諧音：李太白）出門收書時，如果遇到讀書人過世散出藏書，就會向家屬遺族探詢訪問，隨即恭敬地取出一本筆記簿，以毛筆記錄往生者一生簡歷、著作，並加上小評，此筆記也被李泰白命名為《錄鬼簿》。李老闆的用意，和鍾嗣成是一樣的。

鍾嗣成的用意，因戲曲文學在中國文學史傳統屬小技小道，甚至旁門左道，向不被知識分子重視。有感於他那些戲曲家朋友們，才高名薄，憂其不傳，遂作《錄鬼簿》一一記錄其姓名、戲曲名，希望後世不要忘了這些「才鬼」及他們的作品。鍾嗣成果然達到目的，連帶使自己也進入這一「才鬼」行列，成為中國古典戲曲史重要人物。

真實的《錄鬼簿》二卷，成書約於元朝至順元年（一三三〇年），記載元代戲曲作家共一百五十一人，包括其字號、籍貫及簡略生平事蹟，部分人物附有作者給予的評詞，並列出約四百五十八種雜劇劇目，可算是中國最早的戲曲作家人名辭典。明代人還依其體例作《續錄鬼簿》（或稱為《錄鬼簿續編》），收錄於「天一閣舊藏抄本」。

這個《錄鬼簿》「天一閣舊藏抄本」能夠出土問世，多少有點機緣巧合，而且牽涉到幾位民國大藏書家及藏書樓，其間人與人、人與書的聚散離合，悲欣交集，平淡中見奇宕，頗富傳奇色彩。

故事要追溯自民國二十年，公元一九三一年夏天，約莫是八月分，在北平北海圖書館（即今之北京圖書館）工作的版本目錄學家趙萬里先生[1]南下進行訪友訪骨董之旅。

1 趙萬里（一九〇五—一九八〇），字斐雲，別署芸盦、舜盦，浙江海寧人。曾在東南大學從吳梅先生研究詞曲。一九二五年到北京清華學校國學研究院任助教。在王國維先生指導下，研究史學、文學、金石、版本目錄、戲曲等。王國維自沉後，整理其遺著，先後編成《王靜安先生著作目錄》、《王靜安先生年譜》和《海寧王靜安先生遺書》。一九二八年到北海圖書館（今北京圖書館）工作，曾任中文採訪組組長、購書委員會委員和善本部主任，並負責館刊編輯。此期間還兼任故宮博物院圖書館暨文獻館專門委員，任中央研究院歷史語言研究所特約研究員和通訊研究員。亦曾在北京幾所大學任教。中華人民共和國成立後，任北京圖書館研究員兼善本特藏部主任。著作甚豐，有《漢魏南北朝墓誌集釋》（一九五六）、《中國版刻圖錄》（一九六〇）、《北平圖書館善本書目》（一九三三）、《北京圖書此行原本計畫與朋友容希白、徐中舒等一同拜訪上海的文物收藏家劉晦之先生（名體智，一八七九—一九六二，齋名「小校經閣」），並參觀劉氏所藏青銅器。但是到達上海與當時在商務印書館工作的好友鄭振鐸（西諦，一八九八—一九五八）見面後，無意中聊到天一閣，讓他不禁激起嚮往之心。

只要是愛書人、藏書家，大概沒有未聽過天一閣藏書樓。趙萬里在一九三〇年盛夏，即蒙張元濟先生招待，獲准進入商務印書館設立的東方圖書館特藏部門「涵芬樓」參觀兩天，遍賞秘籍珍本，做了訪書紀錄。這趟寶庫之旅讓他大開眼界，對涵芬樓及其所藏天一閣藏書讚歎不已。事後他曾就涵芬樓中所見的天一閣舊藏明代史料孤本罕本，摘錄二十六種簡介其書名、內容、版式，發表在一九三四年二月三日的天津《大公報》（詳見趙氏〈從天一閣說到東方圖書館〉）。

既然提起天一閣，他建議趁幾位朋友尚未抵達上海前，不如先赴寧波探訪天一閣。恰巧另一位好友、古典戲曲小說研究家馬廉（字隅卿，一八九三—一九三五）也自北平大學請假返回故鄉寧波[2]，住家離天一閣不遠，於是趙萬里與鄭振鐸結伴同訪馬隅卿。孰知，這民國時代的「無可救藥三書癡」會合之後，竟譜成一段訪書奇遇，讓這三人一輩子都忘不了。

浙江鄞縣（即今之寧波）馬家是中國近代學術史上成就頗高的文化家族。馬廉的父親馬海曙（一八二六—一八九五），曾任直隸州三品知府，有子女九人。馬廉家幾個兄弟不是大官就是大學者。大哥馬裕藩（一八五八—一九二九）曾任甘肅鎮縣知縣，其他幾個哥哥如馬裕藻（行二，字幼漁，一八七八—一九四五）[3]、馬衡（行四，字叔平，一八八一—一九五五）[4]、馬鑒（行五，字季明，一八八三—一九五九）、馬準（行七，字繩甫，出家後改號「太玄」）及馬廉（行九），當時人稱「五馬」，都是北京大學校友，先後在北京大學及其他學校任教。

館善本書目》（一九五九）等。

2 某些文獻及回憶錄都說當時馬廉在家「養病」，但鄭振鐸〈西諦書跋·錄鬼簿〉一則說：「……時馬隅卿先生方歸四明杜門讀書……」，於〈新鐫女貞觀重會玉簪記〉一則說：「……馬隅卿恰好閒居在家鄉……」，趙萬里於〈重整范氏天一閣藏書紀略〉一文說：「……那時，馬隅卿先生正在原籍休假。……」都沒有提到馬廉當時養病。而馬廉在〈鄞古磚目自序〉開頭就說：「二十年（一九三一）秋，預備休假赴日本，在啟行之前，因內子在籍患病，於是就離了北平，趕回我那故鄉寧波。……於是我在南方，一直忙了近兩年。……」看來當時生病的人並非馬廉，而是他夫人。

3 馬裕藻是音韻學、文字學家。曾留學日本。歷任北京大學國文系系主任、師大教授、女師大總務長及教授。是周氏兄弟的同學（同是章太炎於東京開辦的國學講習會的學生）、同事兼好友。北平淪陷後，與周作人、馮祖荀、孟森同為「留平教授」。

4 馬衡是金石學大師，號「無咎」、「凡將齋主人」。除了教職外，擔任故宮博物院院長長達十九年。一九二九年立於清華大學的王國維紀念碑，即由陳寅恪撰文，由馬衡篆額（以篆書題寫碑名）。劉半農的墓誌由周作人撰文，也是由馬衡篆額。主要著作有《中國金石學概要》、《凡將齋金石叢稿》等。

馬廉，字隅卿，古典戲曲小說研究學者。齋名「平妖堂」、「不登大雅之堂」等。因藏有明刻孤本小說《三遂平妖傳》，故將藏書室命名為「平妖堂」。因平素收集研究的古典戲曲、小說、俚曲，都是傳統國學家、經學家看不起的玩意兒，甚至有些是「不堪入目的禁毀書」，故自號齋名為「不登大雅之堂」。在家排行老九，故把自己做的札記命名為《勞久筆記》。先生本性不但幽默，而且隱隱有些不流同於世俗的性格。曾任北平孔德學校總務長、北大、北師大教授，主講中國小說史。他和周作人交情很好，過世後，周作人寫了一篇〈隅卿紀念〉（一九三五年五月十五日於北平）收在《苦茶隨筆》裡。

當年從上海到寧波，走海路較快。但不巧海上來了颶風，海運不通，於是趙萬里及鄭振鐸兩先生就雇了一輛大汽車飛馳而去，至杭州、轉紹興、奔寧波，途經西湖、鑒湖，雖是天下名勝，也無暇觀覽了。

到了馬廉先生家，住在老屋的東廂裡[5]，書癡聚會，「日夕歡談，意興豪甚」、「放誕高論，旁若無人」，談的當然是書籍、版本之類的話題。談著談著，馬廉出示幾本抄有小說戲曲掌故史料的個人筆記（大概就是《勞久筆記》？），鄭振鐸與趙萬里大喜，拿來抄了數十則。

他們對中國古典版畫頗有研究，馬廉遂出示筆記《明代版畫刻工姓氏錄》一冊，鄭振鐸一見如獲異寶。馬廉說，這本姓名錄創始於陳大鐙先生，北平王孝慈先生得到後增補若干人，他從王孝慈那裡抄出來後，就他所知又補入若干。鄭振鐸翻一翻，發現馬廉在鄭振鐸家裡見到的幾部書，凡是版畫上有署名的刻工，都已經抄入其中。鄭振鐸自愧不如，要求馬廉借他抄寫。馬廉一口答應，於是鄭振鐸趁著深夜，於古式東廂內，一燈為伴，四無人聲，奮筆疾抄，邊抄邊把臨時想到的增補進去。馬廉知道後，反過來又把鄭振鐸臨時增補的也抄進自己那本。兩人就這樣抄來補去。前輩學者們作學問的態度，一絲不苟如此。幾十年後的今日讀之，仍令人動容。

因談書抄書，浸泡在中國傳統版畫的氛圍內，讓鄭振鐸注意到馬廉家的古式廂房「屋頂作半穹形，大似明代版畫中之圖式，古趣盎然」於是對趙、馬兩位笑著說：「是入王伯良校注《西廂記》之畫中矣。」這位書癡真的入迷了。

天一閣位於今寧波市舊城區月湖之西，海曙區天一街五號，堪稱中國現存最古老的私家藏書樓。登天一閣訪書的行程，由在地人馬廉代為安排，無奈天一閣家屬恪遵族規祖訓，不肯輕易對外人開放，條件不符即不能放行。事實上，即使是他家子孫，若非曬書日也不准登閣。趙萬里回憶說他們一個星期之內去了兩趟，甚至請動鄞縣縣長陳冠靈及小學校長范鹿其出面交涉，也因為范氏族長不在，無人主事而被拒。

5　鄭先生自己的記憶也不準，在〈關於版畫〉一文說住在西廂，在〈西諦書跋．錄鬼簿〉一文說住在東廂，本文姑且採「東廂說」。

訪天一閣不成，只好改而訪問馮孟顓（名貞群，一八八六—一九六二，齋名「伏跗室」）、朱酇卿（名鼎煦，一八八五—一九六八，齋名「別宥齋」）、孫家溎（字翔熊，一八七九—一九四六，齋名「蝸寄廬」）[6]等幾位名藏書家，見識到很多戲曲小說珍本。並且就在孫家溎家裡看到世人前所未聞的秘本！

鄭振鐸等人來訪，孫家溎雖出示不少珍籍，但拖了很久，才把壓箱寶拿出來。一本《新鐫女貞觀重會玉簪記》讓書癡們「相顧動容」。取來細細觀賞其內容、印刷、尤其是插圖版畫，反覆翻看數遍，才依依不捨地還給主人。

但是讓鄭振鐸等人「所最驚心動魄相視莫逆於心者」，是一本「天一閣舊藏明藍格抄本」[7]《錄鬼簿》及《續錄鬼簿》。此書每頁十八行，每行二十字。序前有「亞東沈氏抱經樓鑑賞圖書印」、「五萬卷藏書樓」、「授經樓藏書印」、「浙東沈德壽家藏之印」、「鄞蝸寄廬孫氏藏書」等藏書印。

《錄鬼簿》自明至清都有刻本流傳，最有名的版本是「孟稱舜柳枝集附載本」（刻本中最古的，但僅九頁，記二十五人）、「暖紅室彙刻傳奇本」、「重訂曲苑本」、「王忠愨公遺書本」及曹雪芹祖父曹寅（楝亭）的刊刻本等。但在蝸寄廬發現的，係由明代賈仲明先生增補的「天一閣舊藏藍格抄本」，是在場眾藏書家們從未聽過的版本！其後所附《續錄鬼簿》更是海內孤本的孤本，只見於這個天一閣明藍格抄本，他本均無。

鄭振鐸等人一見此書，驚為秘本！機不可失，於是向主人提出借閱一天的要求，主人慨然同意。至此他們也無心再欣賞其他書，馬上把書帶到馬廉家，分成三份，由趙、鄭和馬三人一同連夜趕工抄寫，一個晚上完工。趙、鄭和馬三人均同意，這本書的發現與抄錄為此次訪書之旅最重大收穫，日後三人分別在多篇論文、序跋、回憶中屢屢提起這次訪書之旅、趕工抄書以及當年書友同好間的深厚情誼。

這份三人合抄本後來帶到北方由北平大學出版組影印出版。馬廉也據此作了《錄鬼簿》、《續錄鬼簿》校注，一九三六年發表於《國立北平圖書館館刊》第十卷第一號至第十號。一九五七年六月，文學古籍刊行社將天一閣本與馬氏校注本對校，予以斷句出版。這本書如今可能難找，幸好馬氏校注本全文已收錄在中華書局二〇〇六年八月出版的《馬隅卿戲曲小說論集》中，頗便今人參閱。

天一閣本除了版本罕見之外，所附《續錄鬼簿》的出土更是震動學術界。因其中有

6　藏書家孫家溎的蝸寄廬，位於今寧波市塔前街二十四號。樓屋三楹，樓之中室即為藏書處所。因藏書室小得可憐，故自嘲為「蝸寄廬」。地方小，故藏書重質不重量，以明刊白棉紙本詩文集最具特色。來源有天一閣、范氏臥雲山房、盧氏抱經樓、陳氏文則樓、馮氏醉經閣、姚氏大梅山館、徐氏煙嶼樓、董氏六一山房等藏書樓，甚至收有錢謙益絳雲樓及馮氏石經閣等處散出之書。

7　凡是在傳抄紙上印了藍色格子的抄本，均稱為「藍格抄本」。同理，紅色格的叫做「朱絲欄」抄本，黑色格的叫做「烏絲欄」抄本。此外也有綠色格子的。

一條羅貫中的簡短生平[8]，以前各籍冊中未曾見，是一條不得了的珍貴材料。魯迅在《小說舊聞鈔》再版序言內說，此書的發現，「則羅貫中之謎，為昔所聚訟者，遂亦冰解，此豈前人憑心逞臆之所能至哉！」

這條資料不過五十三個字，卻白描出一位首尾不見，只見鱗爪，俊逸如神龍般的人物。雖然說得不清不楚，但至少從此沒有人敢懷疑「羅貫中」是虛構的。文中的「余」即《續錄鬼簿》作者，但作者是誰至今學界仍有不同看法。有人說是《續錄鬼簿》所錄最後一名賈仲明；有人說那可不一定。在這裡我們就不予研究了。

天一閣從明清易代之際起，曾陸續遭到兵亂、劫掠、偷竊[9]等幾次大難，不知這本《錄鬼簿》是在怎樣的機緣下，突破天一閣范氏族人嚴密的把關而流經抱經樓、五萬卷藏書樓、授經樓，來至蝸寄盧呢？其中細節已不可考。書籍的流通運轉本是常態，世上沒有任何一個藏書家可以永遠擁有任何一本書，而這本書的歷程至此尚未結束。鄭振鐸、趙萬里、馬廉、蝸寄盧、天一閣這幾個藏書家與藏書樓之間互相牽扯的故事也還沒結束。「三書癡」寧波訪書之行後不久，瀋陽爆發九一八事變，第二年上海爆發一二八事變，隨後中國進入三、四〇年代抗戰、內戰的烽火戰亂及五、六〇年代的運動、文革，處於天焚地毀的世局下，古書及古藏書樓或存或毀、或離或聚，各有不同命運。

先談《玉簪記》及《錄鬼簿》的後續下落。

一九四六年冬天，蝸寄盧部分藏書被杭州書商帶到上海兜售，其中就有《新鐫女貞觀重會玉簪記》及「天一閣舊藏明藍格抄本」《錄鬼簿》。鄭振鐸得知消息後非常心動。這書商也是內行人，單單一本《錄鬼簿》竟索價「六十萬金」[10]，鄭先生不得已，只好舉債買下，但已無能力買《玉簪記》。後來聽說這本《玉簪記》被徐伯郊得去，遂斷收藏之想。

不過，書籍聚散於冥冥中有不可思議處，十幾年後，一九五八年初，上海古籍書店

8 此條內容：「羅貫中　太原人，號湖海散人。與人寡合。樂府、隱語極為清新。與余為忘年交。遭時多故，天各一方，至正甲辰復會。別來又六十餘年，竟不知其所終。」並記載其戲曲作品有《風雲會》、《蜚虎子》、《連環諫》三種。

9 明清易代之際，天下動蕩，天一閣藏書曾經損失一批。一七七三年乾隆皇帝廣徵天下書纂修《四庫全書》，天一閣進呈珍本圖籍六百三十八種，卻幾乎全被留在宮中翰林院未發回。一八四一年鴉片戰爭期間、一八六一年太平天國戰爭期間，天一閣藏書慘遭兵隊、盜民劫掠。一九一四年，寧波書業掮客馮德富指使大盜薛繼渭潛入天一閣，白天蟄伏，以棗充飢，夜間行動，依據事先編輯好的精華書目，按「櫃」索驥，得手的書從圍牆上事先鑽好的洞遞給外面接應者，再遞送給同伴駕舟循水路潛逃，盜賣給上海書商。如此竊盜流程進行了十幾天，偷走藏書竟達一千多部。以上所述是天一閣藏書史上幾次重大劫難。

10 「六十萬金」應為六十萬法幣，這個數字離譜的大，是因為當時法幣惡性通貨膨脹。依據陳明遠《文化人的經濟生活》（文匯出版社，二〇〇七年六月一版二刷）第二六九頁，一九四六年十二月時，一位副教授月薪實領法幣六十一萬元，可買十八袋（七百九十二斤）麵粉，約合今人民幣一千二百元。

寫信詢問鄭振鐸，店裡有一本白棉紙《新鐫女貞觀重會玉簪記》，想不想收？鄭振鐸心想該不會是那本吧？姑且答應，等書寄來一看，果然就是蝸寄廬那本！雖然要價高達四百元，但不能不買。三十年前在蝸寄廬一見，沒想到竟然在三十年後合璧歸鄭。鄭振鐸在書跋內寫道：「聚書滿家，獨此二物縈系心頭，似燦燦作光。不僅書是白眉，即遇合亦甚奇也。」長達三十年的書緣如何不奇！

抗戰軍興，寧波遭到轟炸，為躲避戰火，孫家溎把蝸寄廬藏書分成兩批疏散，本身則前往上海就醫治療宿疾。但疏散的藏書不幸遇到山洪及火災，經搶救後仍有損失。抗戰結束後，人及大部分的書都回到蝸寄廬，惟戰後不久，一九四六年初孫家溎就過世，此後蝸寄廬藏書陸續有些流出到市面，例如前面提到的《玉簪記》及《錄鬼簿》。解放後，當文化大革命開始時，一片破四舊、掃除文物的運動聲殺氣騰騰，孫家溎之子孫定觀當機立斷，把蝸寄廬藏書九百五十四部、字畫八十六件全部捐給天一閣（時為一九六六年）。果然整個文革期間沒有人敢動天一閣，連帶也保全住蝸寄廬藏書。

除了蝸寄廬，趙萬里、鄭振鐸當年寧波訪書之旅參觀過的馮孟顓「伏跗室」藏書十萬餘卷（以及碑帖、字畫、藏書樓整棟）與朱酇卿「別宥齋」藏書十萬卷（以及字畫九百多件、文物八百多件）也分別在一九六二年及一九七九年全數捐給國家，這些書籍文物如今都收藏於天一閣博物館。在這些浙江著名藏書家捐獻的書裡，不知道有多少原本即屬天一閣舊藏，歷經百數十年歲月的流浪，終於又回到天一閣懷抱，真是好長好久的一段旅程。但是上海商務印書館的東方圖書館卻沒有這般好運氣，一九三二年一二八事變時，慘遭日軍飛機炸毀，其涵芬樓所藏天一閣舊藏善本數百種亦隨之永化劫灰。

抄錄《錄鬼簿》後，馬廉與天一閣之間還有兩段小故事。

其一，馬廉在老家休假期間，適值寧波進行拆除舊城牆工程，出土大量刻有歷史年號的漢晉古磚，以晉朝最多，馬廉收藏了一千多塊，遂把藏磚之處稱為「千晉齋」。一九三三年至一九三五年地方上發起的天一閣重修工程，馬廉也是發起人之一。一九三五年馬廉把所藏古磚全部捐給天一閣，天一閣重修委員會就在尊經閣西側牆邊蓋小屋兩楹收藏，仍然命名為「千晉齋」。

其二，一九三三年秋天，即將回北平工作之前，馬廉無意中在大酉山房書肆買到一包殘書，從中發現嘉靖黃棉紙印、分訂三冊、共計十二篇的《清平山堂話本》。三冊分別是《雨窗集　上》、《欹枕集　上》及《欹枕集　下》。《清平山堂話本》原名《六十家小說》，分為六集，共收六十篇。世上僅存日本內閣文庫藏有的十五篇。馬廉發現的這十二篇竟然沒有一篇和日本藏十五篇相同！取玉簡齋叢書本無名氏著《天一閣藏書目錄》比對，斷定這三冊是天一閣至少佚失已達一百三十年的舊藏。這是宋元話本小說研究的重大發現。馬廉遂於一九三四年把這三冊書交北平「大業印書局」影印出版。這次發現令馬廉非常得意，遂請沈兼士書額「雨窗欹枕室」，還有朋友乾脆稱他為「雨窗先生」。

趙萬里雖然訪天一閣失敗，但是一九三三年他捲土重來，這次帶了北平圖書館及中央研究院的公文，由蔡孑民署名，送到鄞縣縣政府申請報備。並且請縣長陳冠靈及縣文獻委員會主席馮貞群贊助，和范氏族人協商，自七月二十五日起開閣一個星期讓趙萬里做編錄書目的工作。這次總算如願，並且有馬廉、馮貞群、朱贊卿、楊菊庭等專家協助，還從法院請了幾位書記來幫忙謄寫。全員由趙萬里統一指揮，並擔任最後成果審核把關的工作。

開閣當天，轟動全城，鄉親父老聞訊而來把天一閣擠得水洩不通。這天氣溫高達攝氏三十八度，在密閉的藏書閣中工作更是熱到揮汗如雨。趙萬里每天工作時間自上午六點至下午七點。晚上若無應酬，就和馬廉等好友納涼閒談，因此每天睡眠最多五個小時。為了對天一閣及范氏家族表示尊敬，第七天請縣長親自主持為建閣始祖范欽舉辦的公祭。這次的整理編目有新成果，查出存書有二千五百多種，補充以前各版天一閣書目的不足，同時也讓學界瞭解到維護並研究天一閣藏書的重要。

民國時代的三書癡：馬廉、鄭振鐸、趙萬里，雖然意氣相投，然於人壽、學術、事業上卻各自有命。最後，就交代一下這幾位藏書家在一九三一年之後不同的人生際遇。

一九三一年邂逅《錄鬼簿》之後，馬廉忙於家事，甚至為妻子辦了喪事，自己身體也有高血壓的毛病，身心上承受不少痛苦煎熬，於一九三三年才回到北平（見馬氏〈鄞古磚目自序〉）。一九三五年二月十七日，與二哥馬幼漁在東興樓午飯時遇到周作人，下午幾位好友遂一起逛逛廠甸，當天晚上，與來薰閣書店主人陳濟川去看戲。二月十八日是元宵節，還滿有興致地上街看花燈。不料，二月十九日，馬廉因腦溢血突發，倒在北大小說史課堂上，送協和醫院不治，震驚北大，得年僅四十二歲。自謙不懂寫輓聯的周作人寫了輓聯：「月夜看鐙纔一夢，雨窗欹枕更何人。」很淡的筆觸，但感情卻很哀痛。「雨窗」、「欹枕」即是前述馬廉發現的天一閣舊藏《清平山堂話本》集名。馬廉身後藏書共五千三百八十六冊全部賣給北京大學圖書館，該館特闢專室收藏。

鄭振鐸先生於寧波訪書行之後，同年九月即辭去商務印書館工作，七日帶妻女離滬至北平燕京大學教書。在北平當然要逛琉璃廠，基於對版畫的興趣，他在清秘閣書店買到幾種箋紙，覺得刻工色彩都比上海買到的好很多。在另一位版畫迷魯迅的策劃下，鄭振鐸購買五百多種北平箋紙寄交上海的魯迅編選，遂於一九三四年二月中旬印成《北平箋譜》，這是鄭振鐸對中國古典版畫研究的一大貢獻。

至於鄭振鐸在文學、政治及多種學術領域的成就、劫中得書失書護書的過程等等，眾所周知，此處就不再贅敘。中華人民共和國成立後，他歷任文化部副部長、國家文物局局長等職。一九五八年十月十八日，鄭振鐸率領中國文化代表團赴開羅訪問途中，不幸飛機在蘇聯境內失事遇難身亡，享壽六十歲。距馬廉驟逝已二十三年。鄭先生過世後，夫人高君箴及兒子鄭爾康將藏書全部九萬四千四百四十一冊捐給北京圖書館。想必《玉簪記》及《錄鬼簿》也在其中。館方編成《西諦書目》，即由趙萬里作序。

趙萬里始終專注於版本目錄學，從事各地圖書、文物的調查、保護、收集、鑑定。由於工作出色，曾受到毛澤東和周恩來接見，並當選為第三屆中華人民共和國全國人大代表。趙萬里於一九八〇年六月過世，享壽七十五歲。距鄭振鐸驟逝約二十二年。距馬廉驟逝已四十五年。

因觀賞電視劇《錄鬼簿》，基於好奇，追索真實《錄鬼簿》作者及內容，無意中發現趙萬里、鄭振鐸、馬廉三位先生於七十多年前的奇遇。企圖把那次訪書之旅的過程從諸多文獻內挖掘出來拼湊時，又發現牽涉其中的人、書與樓，在冥冥中竟有一絲絲的命運之線糾纏連結著，而這些糾葛在或人為、或天然、或安樂平和、或嚴酷無情的環境下，又呈現種種不同面貌與反應。得失聚散、悲歡離合，有人力不能逆轉、化為劫灰之處，亦有身心安頓度過逆境之時。意外發現這一則則迷人的故事，也是我這平凡藏書愛好者的一場紙上奇遇。

雖然寫了本文，耗去不少篇幅追索這件書人往事，但趙萬里、鄭振鐸、馬廉三位先生發現《錄鬼簿》的奇書奇遇倒不讓我特別欣羨。我真正欣羨的，是這三位書友「日夕歡談，意興豪甚」、「放誕高論，旁若無人」之時、是三人合力連夜抄書之時、是辛勤整書一天，納涼閒談之時。那樣的魔術時刻，才是我心永遠嚮往的。

江河萬古仍滂沛：王國維在京都

前言

二〇〇九年底，我去日本京都走一趟賞紅葉之旅。因是自助旅行，出發前買了幾本旅遊指南，研究交通動線，上網搜尋不可錯過的美食、景點。在龐大的資訊海裡，無意中發現，京都永觀堂竟然與國學大師王國維先生有密切關聯：先生自號及其巨作《觀堂集林》的「觀堂」二字即是取自永觀堂，有這樣的說法。

為何會發生這樣的關聯呢？繼續研究，方知王國維先生曾住過日本京都，且住「四暑五冬」之久。由於他和我即將前往的古都有這樣的關係，我抱著極大的興致搜尋他與京都之間的故事。想查清楚他何時去京都？旅居京都期間住在什麼地方？去過哪裡？做了什麼事？認識哪些人？行前做了初步研究，親往京都「考察」，對於其地形名勝、方位格局、人情風土有了基本概念，回頭拾起相關的文獻與資料來讀，更覺親切有味。

說來慚愧，對於王國維先生，我只耳聞（並未通讀過）他膾炙人口的《人間詞》、《人間詞話》、《紅樓夢評論》、《宋元戲曲史》、《觀堂集林》等鉅作，知道他是清華大學國學院四大導師之一，還有他自沉頤和園昆明湖的悲劇，除此之外，對他平生經歷從未認真探討過，差不多是一無所知。他住過京都這件事，原已讓我訝異；而經過查詢相關著作及文獻後，呈現出他和日本、日本人關係之密切，前所未聞，讓我更加訝異。

讀過這些零零碎碎的材料之後，不忍就此放過，索性把它整理成這篇文字。考證稱不上嚴謹，頂多是閒談掌故。試著把現成材料排列比對，取今之人地事與古時對照，挖掘各家傳記所忽視的細節，在層層疊疊、或對或錯、或有意或無意、互相矛盾的回憶錄與傳記中探索，或許可以展現王國維先生在大師光環遮蓋下，凡人生活的一個面向。

談論王國維與京都，首先要了解王國維為何渡海來到京都長住？有遠因也有近因，促成他人生這場大變動的近因是辛亥革命。

一、辛亥渡日

西元一九一一年，陽曆十月十日（農曆八月十九日），武昌爆發武裝革命，起義軍於十一日凌晨占領武昌，十二日占領漢陽、漢口。

武漢三鎮的成功，猶如給滿清帝國這根枯木點起一把火，短短七個星期之內，有湖南、陝西、江西、山西等十五個省紛紛宣告獨立，連滿洲人老家奉天、吉林兩省也加入響應。這次的「造反」來勢洶洶、非同小可，滿清帝國眼看是命在旦夕了。

局勢突然演成如此嚴峻，在北京中央政府工作的公務人員們很惶恐。庚子年（一九〇〇）八國聯軍攻入北京的慘狀還餘悸猶存，說不定小皇帝這回也得棄宮出逃，滿城文武官員不得不為自己及家人的身家性命做個打算。很多人攜家帶眷想往南方逃，因為陸路不靖，故紛紛奔赴天津搶買船票，想直接逃到上海等地。

時任學部參事的羅振玉在他的自傳《集蓼編》回憶說：「武昌變起，都中人心惶惶。時亡友王忠慤公亦在部中，予與約各備米鹽，誓不去，萬一不幸，死耳。」已經和王國維約好，要誓死守在工作崗位上。羅振玉想給人的印象是，對於清室始終誓死效忠。羅振玉曾在文章中表示，隨著局勢變化，從辛亥革命、清室傾覆到溥儀被驅逐出宮，在這段期間內有好幾次危機都想殉清殉主。不過從來沒有付諸行動就是。

稍早前，他的好友汪康年（穰卿）就先逃到天津，「招鄉人（羅振玉）往，言留屋三間相待。鄉人以行資無措，謝之。」（據羅繼祖《永豐鄉人行年錄》）天津離北京這麼近，說「行資無措」似乎不太合理，這大概是婉拒的一種藉詞吧。也幸好沒去，因為才不過幾天，汪康年就在天津去世了。

據說羅振玉這個「保皇派」本來就得罪了革命黨，並且和袁世凱不對頭（他的親家劉鶚就是被袁世凱羅織罪名，流放新疆而死），將來不論是得勝的革命黨或復起的袁世凱掌控北京，他都難逃清算一劫，待在天津與待在北京都一樣糟。等到確定袁世凱即將再起復出政壇，他知道情勢越來越危險。

就在這個節骨眼上，一位日本和尚找上門來。這和尚乃日本淨土真宗本願寺派（其大本山即今之京都西本願寺）駐在北京的特派員，轉達他的教主大谷光瑞的心意，想勸請羅振玉東渡日本避難，甚至願意將大谷位於住吉驛，今之神戶六甲山上的別墅「二樂莊」借給羅氏家眷棲住。

這位大谷光瑞（一八七六—一九四八）來頭非常大，他不但是一方宗教領袖（西本院寺第二二代法主，法號「鏡如」上人），具有伯爵爵位，他的夫人九条籌子和大正天皇的貞明皇后是同胞姐妹，一九一三年見過孫文並受聘擔任中華民國的最高顧問，顛峰時期他的本願寺預算與京都市預算相當，本願寺的生活水準等同於百萬石大名。宗教、政治、經濟實力都雄厚。

同時也是文史學者、考古學家、探險家，留學歐洲，是英國皇家地理學會會員，曾經三次組隊前往中亞及中國進行探險與考古發掘。挖掘出大量古代佛教遺跡、文物、文書及經卷，成績頗豐。與羅振玉算是考古學界的同行吧？因此向羅伸出援手（也有人猜測其實大谷是看上羅收藏的珍貴文物），但是羅振玉與他素不相識，雖感其厚意，心存猶豫不敢答應。或許他對大谷也起了戒心？

這時羅振玉好友，幾位日本京都大學教授內藤湖南、狩野直喜、富岡謙藏等人寫信來勸說前往京都。承諾可以協調讓羅大量藏書暫存京都大學圖書館，還可以預先安排住處。羅就近請教好友藤田豐八（字劍峰，一八六九—一九二九），藤田說就應諸位教授邀請吧，可以請大谷的本願寺擔保運送書籍、文物，到達京都後再還運費。藤田甚至願意先回日本幫羅籌備一切事宜。有這麼多朋友相助，這件事就這樣決定了。

早在一九〇一年底，羅振玉即奉兩江、湖廣兩督（劉坤一、張之洞）之命，率團前往日本考察教育、財政等制度，走訪東京、箱根、橫濱、京都、奈良、大阪、長崎等地，歷時兩個月又八天。事後將考察過程寫成一文〈扶桑兩月記〉。一九〇九年陰曆五月，又以京師大學堂農科監督身分赴日本考察農學，走訪京都、北海道、東京等地，歷時約一個半月。兩次考察讓他開了眼界，日本當時的文明與強盛都看在眼裡，對於下定決心舉家搬遷日本這件事，想必有很大的推力。

大約十一月初，湊巧趕在袁世凱復起組閣（十一月十六日）之前，羅振玉招集女婿劉大紳（劉鶚之子）與一路提攜、當時任職學部圖書局編篡及名詞館協修的王國維，共三個家庭大大小小約二十人來到天津。搭乘小商船溫州丸，渡過險惡風浪，抵達日本神戶。藤田豐八等幾位友人已經在當地守候，隨即送到京都田中村住處。東京文求堂主人田中慶太郎（救堂）遠來相助，狩野直喜的夫人親自燒飯煮菜款待。

王國維為何願意跟著羅振玉一起亡命日本？他倚靠的滿清政府倒了，工作及收入當然也沒了，能夠在生活上、經濟上支持他及一家妻小的，眼前只有羅振玉一人。且羅振玉會遇到的危險，對他說不定同樣構成危險，走為上策。當然，羅振玉應該也有相當程度的主動邀請或要求，讓他很難拒絕。他在一九一二年十一月十五日寫給鈴木虎雄的信中自稱「亡國之民」，可見當時的他視民國為敵國，既然是政治難民，逃到他國尋求庇護，做個「海外夷齊」亦得其所哉。況且王國維對日本這國家也不陌生。

早在十年前，王國維就來日本留學過。而早年讀書生涯裡，對他學問影響最大的幾位老師中，就有兩位日本人。他懂日文、會說日語。京都大學幾位漢學、東洋學教授是他的好朋友。他和日本國、日本人淵源很深。這就是王國維願意舉家遷住日本的遠因。而這一切還是要從羅振玉說起。

二、東文學社

十九世紀末，吸收西學（包含西洋及東洋）以經世致用是當時中國最熱門的顯學。甲午戰爭之後，三十歲的青年羅振玉想多知道外國事物，向朋友借江南製造局的翻譯書來讀，發現「西人學術未始不可資中學之助」（據《永豐鄉人行年錄》）。有別於發展「船堅炮利」的軍國思維，他認為中國以農立國，首先要讓國人吃得飽吃得好。國家想富強，振興農業為當務之急。他也體認到若要運用外國技術、學術，則國民教育必須現代化，從此他的志業走向農業技術引進與教育革新推廣。

一八九六年春天，羅振玉與徐樹蘭等友人在上海組織「學農社」、開設「農報館」、發行《農學報》（一八九七年五月起），聘專人翻譯歐美日本的農書及雜誌，希望用現代的、科學的農業專業知識來增產救國，識見超凡，非常獨到。獲得東西洋資訊還不算太難，難的是極需大批能解讀東西洋資訊並譯成中文的人才。有鑒於此，羅振玉與幾位友人（據說是《時務報》同人汪康年、蔣黻、狄葆賢等人）合資開設「東文學社」，設址上海市新馬路的梅福里（農報館對面的萃報館內），希望教育翻譯日文的人才，將來為「學農社」、《農學報》所用。

該社聘請原本就為農學社翻譯農書的日本學者藤田豐八為教授，等學生增多後，又增聘幾位日人老師，例如上海日本副領事諸井六郎及書記船津辰一郎來擔任義務教員（據《永豐鄉人行年錄》）。學社以日文教授各種學科，學生不但可以學習日語文，還可學習數學、物理、化學甚至英文！據說它就是中國第一所日語專門學校。

一八九八年，王國維才二十二歲，放棄科舉考試，來到上海謀發展。時在《時務報》當書記的同學許家惺（號默齋，名作家許嘯天（許家恩）的親兄弟）有事回鄉，遂請國維代替他來報社上班。《時務報》係由黃遵憲、汪康年、梁啟超於一八九六年八月創辦，梁啟超曾擔任主筆（當時不過才二十三歲），文采激揚，鼓吹維新最力，是當時中國最好最暢銷的報紙之一。王國維在家鄉時就常閱讀《時務報》，可惜當他進報館時，梁啟超早已離開。

王國維於二月分進報館工作，才到下旬就想跳槽去專門翻譯西文的報館工作，因為他急著想吸收新學。父親勸國維考慮人情世故，不要才剛上工沒幾天，連薪水都沒領到就走人，讓保人很難堪，也會給親朋好友笑話。他聽話留下。很快地，老天爺就給他開了另一扇門。

三月二十二日，培養翻譯人才的東文學社開學（據袁英光、劉寅生編《王國維年譜長編》）。王國維取得《時務報》館長汪康年同意，每天利用下午三小時時間去學社上課。入學之後，無意中以題在同學扇子上的一首詠史詩，「千秋壯觀君知否，黑海東頭望大秦」一句（一般作「西頭」，誤）受到羅振玉歎異賞識（但是王國維自己卻沒有提過這段往事），進而從學問上、經濟上大力栽培，不遺餘力，這兩人從此成為生命共同體，是師生同學，也是朋友夥伴，先是兒女親家，後又反臉失和，一生牽纏糾葛。

東文學社使用教材是日本小學讀本，共七冊。把大人當成小學生，一切從基本教起，即使如此，一開始王國維還是讀得很痛苦。

三月二十四日給許家惺的信中說：「讀東文後頗覺不易，苦無記性，不能從事他學，又不能半途而廢，殊悶。」

四月一十三日信中說：「現在弟學東文，勢難間斷，已成騎虎之勢。」

五月上旬信：「弟學東文苦不能讀熟，恐致半途而廢。」

六月一十八日信：「東文較西文誠易，但苦無暇讀，因出館後仍需溫習，即有暇亦不

肯讀，是以不能精進。」（以上均據吳澤主編，劉寅生、袁英光編《王國維全集・書信》）

剛開始學習另一種陌生外國語文，難免不習慣，困難重重，況且當時中國的日語文教學與學習都在草創時期，不像現代有這麼多辭典、學習書、MP3、CD、影片、電腦等教具教材可輔助，教與學雙方都在摸著石頭過河，過程當然難受，連王國維這讀書天才都要叫苦喊悶。尤其他學習同時也要顧到本業工作，蠟燭兩頭燒，兩邊都做不好。看到「即有暇亦不肯讀」句不禁會心一笑，當過學生的人都有這種偷懶心態，想不到大師也是如此。

在學習上，老師藤田豐八很照顧他，幫他想出一兼二顧的辦法。六月三十日王國維給許家惺的信中說：「弟學東文，因事冗所進甚淺，蒙教習藤田君垂愛，屢向穰先生（汪康年）說弟事多，于學問非所宜，囑以旬報或日報譯東報事畀弟，庶得一意學習。」汪康年同意讓王國維擔任為日報館翻譯日本報紙文章的工作。寓學習於工作之中，並且免去其他煩心雜務，從此王國維的負擔減輕很多，學習上也能精進。

王國維剛入學時成績不理想，學社考試不及格，差點被退學。但堅持下去就能進步。到八月分，學習已頗有心得，八月五日給許家惺信：「東文較西文難易迥別，但需取中東虛字列成一表（需東人優於中文者為之），則讀其書甚易。弟於此事甚淺（同社六人惟弟最劣），果能專精事此，一年當能通之。」自信都出來了！已經知道學習關鍵何在。成績雖敬陪末座，但只要專心用功一年可以讀通。天才就是天才！

一八九九年秋天，羅振玉聘請日人田岡佐代治為助教。王國維向田岡先生學習英文，至一九〇〇年七、八月學社解散為止，已學到第三讀本，之後又買讀本自修。他從田岡先生的文集中看到引用哲學家康德與叔本華的文字，很想深入研究，可惜還是有文字隔閡，尚無法讀二氏之書。我猜，王國維除了英文功課之外，應該曾趁機向田岡先生請教過哲學問題。這是他對哲學產生興趣的開端吧？

狩野直喜的回憶可為旁證，他說明治三十四年（一九〇一）左右，他在上海留學，友人藤田豐八告訴他，在東文學社有一位學生「頭腦清晰，善讀日文，英文亦巧，且對西洋哲學研究深感興趣，其前途大可屬望」。狩野嘆當時中國青年大都想學政治學經濟學，卻罕見想學西洋哲學的。後來才知這學生就是王國維。可見那時候王國維的學業已經進入佳境，獲得日本老師們稱許。狩野則要到十年後（一九一〇）去北京調查敦煌寫本時才與王國維本人相識。

除了日、英文外，東文學社充分運用人才，數學課竟然由史學家暨文學博士藤田豐八任教。大概是日本高級知識分子都修過通識教育？或者他們在中學、高校時代也學習過數理？雖然文、理殊途，藤田先生教起來卻不含糊，使用當時日本數學大師藤澤利喜太郎（一八六一—一九三三）的算術、代數兩種課本（可能就是大日本圖書株式會社出版的《算術教科書》（明治二十九年）、《算術小教科書》（全二冊，明治三十一年、三十二年）及《初等代數學教科書》（全二冊，明治三十一年）等書，因大日本圖書株式會社在上海設有特約販賣所，故很容易取得這些課本），習題大約上萬題，三、四個同學把每題都解，老師也每題校閱批改。所以王國維不只是鑽研古典、文物的國學大師，他還具備基礎的數學程度，故日後去日本留學主修的竟然是數學。自日本回國後還翻譯了藤澤利喜太郎的日本數學教育經典之作《算術條目及教授法》（二卷）。

三、留學日本

一九〇一年歲次庚子，王國維二十五歲，得羅振玉資助，經藤田豐八老師建議與介紹，二月九日從上海出發前往日本，進東京物理學校就讀。（此處年月與諸家傳記及年譜均不同，係依據陳鴻祥先生考證，他以王國維父親王乃譽先生的日記為依據，詳見《王國維傳》第三章第五六至六一頁）

東京物理學校創立於一八八一年六月十三日，位於當時的麴町區飯田町四丁目一番地（今日之千代田區內），由二十一位自東京大學畢業取得理學士學位的青年寺尾壽、中村精男等人共同創辦，原校名為「東京物理學講習所」，傳授物理學、數學兩科。一八八三年九月改稱「東京物理學校」，一九四九年四月改制為「東京理科大學」。東京物理學校名為「物理」，其實「物理」是統稱，所授學科不止物理學，還旁及數學、化學等現代理學科目。首任校長寺尾壽還是一位天文學家，同時擔任東京大學附屬天文臺初代臺長。

當時日本私立學校設立算學科者，最著名的就是東京物理學校，「算學一科，機關最備」，學校自行出版學術月刊雜誌，刊登高深之譯文或自撰論文（據李迪著《中國現代數學的先驅——周達》）。

若能在這個學校裡深造個三五年，繼續攻讀數學及物理學，王國維有可能成為第一位近現代中國數、理學大師！做個年分比較：他到日本留學那年（一九〇一），數學大師華羅庚（一九一〇—一九八五）、陳省身（一九一一—二〇〇四）還沒出生。北京大學要到一九一二年才有數學系、一九一三年才有物理系。中國第一位數學博士胡明復，要到一九一七年才取得美國哈佛大學博士學位。中國第一位物理學博士李復幾，要到一九〇七年才取得德國波恩大學博士學位。

可惜學業之路有意外發展。他在〈三十自序〉中提到，到日本以後：「晝習英文，夜至物理學校習數學，留東京四五月而病作，遂以是夏歸國。」得的是腳氣病，是一種由於缺乏維生素B_1而導致心血管系統和周圍神經損害的疾病，症狀是心律失常、心功能衰竭、四肢麻木、疼痛、無力、肌肉萎縮、腱反射減弱或消失。王國維的身體一直不健朗，早在一八八九年就因得了俗稱「鶴膝風」的病，一種退化性關節炎，幾乎不能站立，只好回鄉療病。這次病痛也頗類似，身心折磨，只好輟學回國，於一九〇一年（辛丑）六月二十六日返抵上海。

眼尖的讀者或許會納悶，既然主修數學不是應該白天上數學課，而利用夜間研讀英文嗎？為何反過來，物理學校變成夜間部？各家傳記都沒有提到這點。

這是因為物理學校前身「東京物理學講習所」創立時就是一所夜間學校，此後一直以夜間部為主體。自一八八六年起，東京物理學校與東京仏文会（「仏文」即法蘭西文）設立的東京仏語學校共用校舍。這間校舍原本係東京法律學校所有，借給東京仏文会，教室於白天由東京仏語學校使用，夜間由東京物理學校使用。一八八九年十一月，物理學校把仏文会校舍購入，直到一九二三年四月才實施日夜間部之二部制。要到一九三八年，日間部才成為物理學校主體（依據Wapediaモバイル百科事典網頁，東京理科大學年表）。至於「晝習英文」是自修或是在哪上課，仍有待考證。我推測應是自修。

腳氣病是輟學最大因素，其實就課業來說，王國維學幾何也學得很痛苦，大概是短研修兩年的初等數學和日本大專程度相比畢竟有差吧。查不出東京物理學校數學系當時教什麼，但是當時日本公立大學數學系（算學科）「三年畢業，開設微積分、平面及立體解析幾何、初等算學雜論、星學和最小二乘法、理論物理學初步、理論物理學演習、算學演習、函數論、代數曲線論、高等微分方程式論、整數論、代數學、力學、物理實驗、高等幾何學、橢圓函數論、變分法、高等解析雜論等。」（李迪著《中國現代數學的先驅——周達》）推測王國維要上的課程大概也是這些。

或許，他內心深處更想研究文史哲相關的學問。但是，我覺得學習代數、幾何，是一種數理邏輯的訓練，講究數字與圖像的推理，解數學題的過程就是分析、演繹、比較與歸納的過程，這對於日後作學問尤其是考證、考古等文史學術工作絕對有幫助，而傳統中國文人幾乎沒有這種現代數理訓練的經驗。他日後在學術方面的成就，多多少少亦得益於當年的數學課吧？

身體病弱影響到心理健康，王國維自述：「體素羸弱，性復憂鬱，人生之問題，日往復於胸臆，自是始從事於哲學的研究。」回國後，在羅振玉主持的學校及雜誌社工作，正式研讀西洋哲學著作，而指導老師正是藤田豐八，並旁及歐文、西洋文學、美術（羅振玉〈海寧王忠愨公傳〉）。研究康德、叔本華、尼采等西洋哲學頗有心得，以之為工具，於一九〇四年七月發表經典之作《紅樓夢評論》，是他對於西洋哲學研究的總結成績。

依據陳鴻祥先生考證，一九〇二年五月三日王國維又從上海啟程往日本，五月五日抵長崎，五月七日抵神戶，六月十二日回國，期間僅一個多月。此行係羅振玉委派他以南洋公學日文科執事身分，赴日聘請「譯手」以編譯開辦新式學堂所需的教科書（《王國維傳》第六一頁）。看行程，此行去了關西，而且既然到了神戶港，可能目的地就是大阪、京都等地。但是王國維留學東京，從未去過關西，並且當時京都大學的文科大學尚未成立，內藤湖南、狩野直喜、富岡謙藏等漢學家教授還沒上任，不知道他要透過什麼關係人脈去找譯手？或許還是要靠羅振玉給他任務指示及名單吧？

而王國維病體尚未痊癒就再度出國，也未免太拚命。王乃譽一九〇二年十月十五日（陰曆九月十四日）日記：「接靜初八稟，言近身體瘦弱，為系漫病，已醫治非能驟愈，頗為懸念。」可見這病拖了將近一年半，仍讓父親很擔心，顯示復原程度還不是很理想。

四、京都居住

以上拉拉雜雜，概述王國維二十六歲之前與日本國、日本人之間密切聯繫的讀書生涯。之後他持續問學於藤田先生，還陸續認識幾位日本朋友、同事，不再贅述。追溯遠因近因之後，把焦點放回自辛亥年底起，王國維在日本京都的生活。

羅劉王三家人逃到日本後，落腳地為京都田中村。羅振玉弟弟羅振常一家也於一九一二年春天來到京都田中村同住。之後這幾家又各自搬遷他處。那麼，羅振玉及王國維在京都的幾個住處，究係位於今日京都何處呢？我對這題目很感興趣，搜尋文獻資料，整理如下：

1.羅、王田中村住處

田中村，乃京都舊地名。明治元年（一八六八年）以「山城國愛宕郡田中村」編入「京都府」。大正七年（一九一八年）田中村與鄰近幾個村一同編入「京都市上京區」。

昭和四年（一九二九年），原田中村的部分被改劃入「左京區」至今。田中村的地域範圍大約西至高野川，北至一乘寺，東至北白川，南至吉田山，亦即今日京都市的田中及高野地區。

羅振玉在《集蓼編》說：「予初至京都，寓田中村，與忠慤及劉氏婿同居，屋狹人眾，乃別賃二宅以居兩家。」

據京都同志社大學錢鷗教授考證，羅王田中村住處即今之「左京區田中飛鳥井町四三」（論文〈京都における羅振玉と王國維の寓居〉，刊於《中國文學報》一九九三年十月）。此處位於今日的東大路通西側一條小巷內，正好約略於北之御蔭通及南之今出川通兩大東西向幹道之中央點，向東與今日京都大學北部校區邊緣之直線距離約僅兩三百公尺。

青木正兒：「明治四十五年（一九一二）二月，余始謁王先生於京都田中村之僑寓。」（《中國近世戲曲史》序）

「終於明治四十五年二月上旬我拜訪了王先生。順著田中村百萬遍郵局旁邊的路向北走一會兒，西邊有三個杉木圍牆的小樓房。我想其中正中的一個大概就是王先生的家。我向裡邊請求傳達一下，……不久有了下樓聲，一個人出現在門口了。這個垂著辮子、相貌醜陋的鄉下人就是挺有名的王先生。」（一九三七，《中國文學月報》第二十六號）

東洋考古學者梅原末治（一八九三—一九八三）於一九五一年的回憶：「大約（明

治）四十五年（一九一二）初吧，……我到百萬遍附近的田中村去看看他的家。……屋南有門，門前有東西向的小河，河上架著一座小橋。門裡是庭園，之後是平房。周圍沒有住家，東側有通往田中神社的路。……聽說這是一位名叫外村的先生的別莊。」

百年之後，當地已經沒有小河了。田中神社至今仍存在，主神是大國主命，大約創建於弘安年間（一二七八—八八年）。參道入口在御蔭通上，往西走一百公尺就可到達南北向大馬路「東大路通」。外村先生，錢鷗教授考證其名為「外村晃」。

神田喜一郎回憶（一九五一）：「田中村現在是大變了，但他家在百萬遍西電車通那條路的邊上吧。」

神田說的電車是指「京都市電」，是一種路面電車，經過此處的路線是「東山線」，就鋪設於今天的東大路通上，王國維住這裡時還沒有電車，要到一九四三年才開通。神田意思是說王國維家位於這條電車路線西側，也就是東大路通西側。這電車現在已看不到，因為早在一九七八年就廢止了。

梅原末治回憶（一九五一）：「我記得好像是在狩野先生家北邊變電所的東側吧。」狩野直喜故居仍在，他的長孫狩野直禎還住那裡。此屋與羅、王住家很近，出門走小巷轉兩個彎就到。據說王國維常去狩野家拜訪，還會和在廚房忙的狩野夫人閒話家常。梅原末治說的變電所是「京都市交通局田中變電所」，設於一九二九年。是為了供應地面電車電力而設，已於一九七七年廢止，如今變成兒童公園的一部分。神田喜一郎和梅原末治說的都沒錯，外村晃別莊就夾在變電所與電車道之間。

王國維初到京都時，曾寫四首七律答贈鈴木虎雄及諸位教授朋友，第二首頸聯及尾聯：「烈火幸逃將盡劫，神山況有未焚書。他年第一難忘事，秘閣西頭是敝廬。」第三首頷聯及頸聯：「近市一廛仍遠俗，登樓四面許看山。書聲只在淙潺裡，病骨全蘇紫翠間。」詩句透露出住家的地理位置及自然環境。「未焚書」是指日本京都大學或泛指日本國所藏的珍貴漢文典籍。「秘閣」指收藏這些「未焚書」的京都大學圖書館，而圖書館西側旁邊就是王國維住處。

但是以今日地形地物來看，現今的京都大學附屬圖書館位於本部校區，在今出川通以南，東大路通以東，鄰近東大路通。「田中飛鳥井町43」位於它的北方約一公里處，從方位及距離看，詩中的「秘閣」可能不是現今京都大學附屬圖書館所在位置。

不過，北部校區鄰近今出川通及百萬遍知恩寺旁，有一棟「大學部圖書館」，現在由理學部使用，說不定一百年以前，剛創辦不久的京都大學文科大學藏書就暫放於此棟或此區某棟校舍內。詳情如何，要繼續挖掘百年京大校史才能得知了。

「近市一廛」的市就是指百萬遍商圈。沒多久王國維就搬到離市更近的地方。

2.王國維百萬遍住處

年譜長編：「（一九一二）四月，先生以羅振玉家人多地仄，同住不便，乃移居鄰屋，常以書信與羅氏往返論學。」

本田成之於一九二七年八月於《藝文》發表的回憶：「清朝傾覆，先生和羅振玉先生一起亡命京都，羅先生租借了一座軒敞的房子居住，王先生則在今天成為中國菜館的百萬遍西門前獨自幽居。」

本田成之說的「百萬遍西門前」，已是王家的第一次搬遷。所謂「百萬遍」泛指東大路通與今出川通十字路口周邊一帶，是京都大學周邊最熱鬧的商圈，書店、餐廳、商店林立。王國維第一次搬遷住處，據錢鷗教授考證在今日百萬遍十字路口的西北角上。惟當今東大路通寬度大約有當年的十倍左右，拓建時拆了不少老屋，恐怕王國維住處已被拆了。

吉川幸次郎的老師，漢學者鈴木虎雄（一八七八—一九六三）於一九五一年的回憶：「來日本不久，他就從田中百萬遍的中華料理店（今之「神海樓」）搬到隔一兩棟的地方居住，……過了不久又搬到百萬遍寺廟左邊古怪的日本房子裡住了比較長的時間，之後再遷居神樂岡，董康先生也住在附近。」

鈴木虎雄說王國維去神樂岡前，搬了兩次，與他人說法（一次）不同。

3. 羅振玉淨土寺町住處

年譜長編：「（一九一三）是月（一月），羅振玉於淨土寺町所建新居落成，乃遷入居住。」（但《永豐鄉人行年錄》繫此事於一九一二年秋，推測應是一九一二年秋興建，一九一三年一月落成。）

鈴木虎雄回憶：「羅先生最初也住百萬遍，不久搬到淨土寺，就是今天橋本關雪邸附近。」

橋本關雪是日本大正昭和年間知名畫家，其故居即今之「白沙村莊」，位於銀閣寺前，庭園由關雪親自設計，開放收費參觀。哲學之道的櫻花樹都是他捐贈的。

羅振玉《集蓼編》的回憶：「余寓田中村一歲……，乃於淨土寺町，購地數百坪，建樓四楹，半以棲眷屬，半以祀先人、接賓友。……取顏黃門觀我生賦語，顏曰『永慕園』。尋增書倉一所，……顏之曰『大雲書庫』……，日本國例，外邦人可雜居國內，但有建屋權，無購地權，乃假藤田君名購之。」

王國維給繆荃孫的信（一九一三年二月四日）中說羅振玉新居地址是「京都上京區淨土寺町字馬場八番地」。

一九一九年羅振玉搬回中國時，把永慕園捐給京大文科大學，委託內藤、狩野兩博士把房地賣了，所得用來影印日本所藏唐鈔本叢書。錢鷗教授考證，羅振玉的永慕園位於今之左京區「淨土寺東田町1」，曾經改建為旅舍「碧光園」。但是經過我調查，這「碧光園」旅舍也成了歷史名詞，已於二〇〇一年（平成十三年）改建成五層樓公寓「デリード哲学の道彩季庵」，百年前樣貌完全不存了。

4.王國維神樂岡住處

年譜長編：「（一九一三年四月）先生移居於京都吉田町神樂岡八番地。」

王國維給繆荃孫的信（一九一三年三月二十六日）中說：「半月以後，移居吉田町神樂岡八番地，背吉田山，面如意嶽，而與羅、董二公新居極近，地亦幽勝，惟去市略遠耳。」

這是王家第二次搬遷。

「如意嶽」，即「如意ヶ岳」，位於東山群山，其西峰俗稱「大文字山」，每年夏日八月十六日夜晚舉行「五山送火」祭典，在半山腰點燃篝火形成「大」字，其他四座山則是妙、法、大字及船型、鳥居型等圖案，十分壯觀，是京都夏季最重要的祭典之一。相信從王國維家應該也看得到這「大」文字。

信中所指羅、董是羅振玉與董康。董康，字授經，是羅與王好友，知名法學家、藏書家，《書舶庸譚》作者，他也避難來到京都。在神樂岡，王國維、劉大紳、羅振常三家是鄰居，日後三家後人都有文章回憶當年為鄰的京都往事。王國維搬到神樂岡後就此安定下來，直到歸國為止。

王國維信中所謂的「市」，應該還是指百萬遍商圈，那確實有點距離。從神樂岡通、今出川通路口到百萬遍路口，直線距離大約一公里。今日的神樂岡大約位於吉田山（西）、今出川通（北）、白川通（東）所圍區域。若翻過吉田山，就是京都大學本部校區。推測王國維故居應在羅振玉住家一線向西延伸，貼近吉田山山腳的神樂岡通住宅區內。

今日尚有「左京區吉田神樂岡町八」這個門牌號碼，但是屬於一家名為「茂庵」的咖啡店。此店我親自拜訪過。位於吉田山山頂，隱藏於小徑森林之內，僻靜優雅，號稱京都最高的咖啡店，也是京都最有名氣、人氣的咖啡店之一。地點偏僻，車輛無法到達，只能徒步登臨，惟不分平時假日，遊客絡繹上門，排隊等座位是常事。此店是一樸素木造二層樓建築，原為大正時代商人谷川茂次郎的私人茶室，已登錄為京都市有形文化財。

5. 王國維離日回國

年譜長編：「(一九一五年三月中旬) 攜眷返國，並回海寧掃墓。旋先生獨赴上海。四月上旬，羅振玉亦返國，先生迎之於滬上。」「是月，又隨羅振玉返日本。」這次回國是為了遷回中國作準備，先把家眷帶回來，只留長子在身邊。回日本後，父子倆就住在羅振玉家。

據虞坤林編《王國維在一九一六》所收錄之〈丙辰日記〉元月初二日(一九一六年二月四日)：「早起收拾行李共十二件。與韞公話別。狩野博士(直喜)來送行，立談即去。午後一時赴車站，韞公與君美、君楚、君羽兄弟三人，俱送至車站揖別，獨與潛兒登車。二時四十七分開車，五時抵神戶，住西村旅館。少頃博文堂主人來送，少坐即去。旋與潛兒出，至谷香樓晚飯。歸尚未七時也。」

博文堂是位於京都的書店，專售影印古籍，主人名原田大觀。西村旅館，位於榮町通三丁目，據說孫文曾經住過。若屬實，那可妙極，王國維萬萬沒想到在回國前夕，會住進「間接」累他亡命日本的「孫逆」也曾住過的旅店。

五日（初三）登築前丸，十時開航。七日（初五）午後五時，船出長崎港，當晚風浪大起，八日（初六）「余與潛兒皆不能起，亦竟日不食，入夜尤甚。」直到九日（初七）早至中國近海，風浪漸平，午後二時才抵達上海，范兆經、樊炳清、羅振常及張堯香等親友在港口相迎。

至此，王國維結束長達四暑五冬的日本旅居生活，新工作是應英國籍猶太商人哈同邀請從事學術雜誌編輯工作。他與日本之緣未斷，一九一七年應羅振玉邀請，於一月分赴日本，在京都羅振玉家過春節。同年二月五日回到上海。這是他此生最後一次親訪日本了。

一九一八年又出現一次赴日本工作的機會。一九一八年九月二十八日致羅振玉信：「內藤博士有欲延維至大學之意，蓋出於相慕之真意。渠於近數年，維所作之書無不讀者，且時用維說，但雖有此意，亦未必能通過耳。」不知是王國維無意赴任、無法赴任還是內藤湖南的提議無法通過校方，這件事後來沒有下文。

五、京都生活

王國維在京都的日常生活，大概用四個字就可以概括：「讀書寫字」。羅振常三女羅守巽回憶，王國維在京都時，平常居家只知看書，小孩子的管教及家中事務全交給太太管理。有一次太太跟他討論家事問題，他拿著一本書在讀，沒認真聽太太說，回話有一搭沒一搭地，把太太惹火，就要把他的書搶過來燒了，正好此時羅振玉突然登門拜訪，舊日習俗男人家談事，女眷要入房迴避的，太太只好先回房，這樣才解了王國維焚書之危。

翻閱年譜長編，有幾則京都日常休閒與應酬生活值得一錄。

一九一二年時，王國維作了一首〈觀紅葉一絕句〉：「漫山填谷漲紅霞，點綴殘秋意太奢。若問蓬萊好風景，為言楓葉勝櫻花。」羅振常長女羅莊曾解析此詩，楓葉櫻花「二者皆海東勝景，各有佳處，秋士意興蕭疏，故尤賞楓葉耳。」果然，雖然王國維也賞櫻，但是居京都這幾年卻沒有為櫻花寫過一句詩。他舉家遷至京都時，約在十一月中下旬，那正是京都紅葉最佳季節，「漫山填谷漲紅霞」的美景，第一印象映入眼底，一定深深地震懾了他鄉異客的心。

年譜長編：「（一九一三年四月五日）清明節，與家人游真如堂，循東麓下，至安樂寺，時櫻花初放，興盡而歸。」真如堂本名「鈴聲山　真正極樂寺」，是天臺宗比叡山延曆寺麾下寺廟之一。位於白川通西側，是京都人秋季賞楓私房景點。由此寺向東，下坡，穿過白川通、鹿谷道、哲學之道，即可抵達安樂寺。

「住蓮山　安樂寺」屬淨土宗，鄰近鹿谷旁山麓下，離谷崎潤一郎、內藤湖南安葬的法然院不遠。此寺曾在一二〇六年發生一件悲劇，當時後鳥羽上皇的寵妾松虫姫及鈴虫姫偷偷來此皈依住持的住蓮上人及安樂上人，剃度出家，上皇知道後震怒，將兩位和尚斬首，把他們師父法然上人流放外地。這是八百年前的往事，如今的安樂寺是處幽靜伽藍，春天的櫻花、杜鵑，秋天的紅葉都可觀，惟只在春秋兩季特定時間開放參觀。王國維選在清明節走真如堂、穿越哲學之道到安樂寺這條賞櫻路線，正好是櫻花燦爛綻放的佳美時節。

「（一九一三年四月九日）（陰曆三月三日上巳）參加京都蘭亭詩會。」詩會在南禪寺天授庵舉行。此會由京都大學教授及藝術家召集，展出王羲之書帖真本摹本供同好欣賞，以紀念永和九年的蘭亭會。廣島的安達萬藏先生即提供私藏〈游目帖〉真跡，可惜此帖於一九四五年因廣島原爆而燒失。王國維為此會寫了一首〈癸丑三月三日京都蘭亭會詩〉。

南禪寺是洛東名勝，它的三門就是歌舞伎之名場面，大盜五右衛門登臨俯瞰京都而大歎：「絕景啊！絕景！」的那座三門。天授庵就位於面向三門的右側。

一九一六年一月二十三日，乙卯十二月十九日）日人富岡百煉（鐵齋）、磯野惟秋（秋渚）及內藤虎次郎（湖南）、狩野直喜（子溫）諸名流，假座圓山春雲樓名出所藏蘇東坡墨跡或書籍陳列，以供眾覽，蓋是日為東坡生辰。先生與羅振玉均與會。

這次聚會就是首次日本「壽蘇會」。「壽蘇會」是給蘇東坡賀壽的一場聚會，是由堪稱蘇東坡頭號日本粉絲的長尾甲先生發起。長尾甲（一八六四年一月十八日—一九四二年四月一日），字「子生」，自號「雨山居士」，明治時期著名漢學家、書法家、畫家及篆刻家。一九一三年在杭州加入西泠印社，與吳昌碩結為好友。因為崇拜蘇東坡入迷，被兒子說是患上「東坡癖」。生平舉辦過一次「赤壁會」（一九二二年九月七日，壬戌既望日），五次「壽蘇會」。還將「壽蘇會」學者來賓的賦詩作文編成紀念集《壽蘇錄》。

六、經濟狀況

王國維京都生活的經濟狀況頗窘迫，一家六口加男女兩僕，沒有收入，如何維持？一九一二年九月五日寫給繆荃孫的信中說：「維在此間生計尚無把握，叩盡囊底，足支一年，此後不知如何。」窮盡積蓄也只能撐一年。此後，只能靠為羅振玉工作領的「薪水」以及少數著作的稿費。

先看開銷。剛到京都沒多久，在一九一二年二月十一日寫給繆荃孫的信中說：「此間生活惟米價頗貴，其餘略同中國。維在北京月用約需百金，自此撙節，每月約七十元已足，惟衣服費不在內耳。」這只是最基本開銷，沒有預料到後來物價上漲，並且也沒算到買書費用。

同信提到見日本書店賣元本《廣韻》兩種版本共索價五十元，宋末刻《詩人玉屑》（有缺頁）索價一百五十元，約為半個月及一個半月生活費。繆荃孫代購《諸蕃志校記》寄到日本，一部三十元（七月二十日信）。日本五山刊本《冷齋夜話》一部三十八元（九月五日信）。以上都是古書，比較貴。新書如繆荃孫的《藕香零拾》剛印好出爐送到日本請羅振玉代售，一部賣十二元。

經濟來源主要還是羅振玉。根據羅振玉《集蓼編》，剛到日本時，羅振玉每月給王家百元，一九一三年五月後，王國維幫忙編校《國學叢刊》及其他學術工作，故每月發二百元。但是羅振玉自己也沒有固定收入，全靠出售自藏的古物書畫來賺錢，且除了王國維，他還要養自己、女婿、弟弟羅振常等幾大家子，因此「薪水」發放是否能準時、足額？都是疑問。

幸好王國維能寫，還可以設法賺些稿費。但稿費也稱不上豐厚。大作《宋元戲曲史》交給商務印書館出版發行，五萬多字稿費不過二百元而已。

一九一三年，日本人一宮房次郎擔任發行人的中文報紙《盛京時報》邀請他撰寫隨筆札記於報上發表，「月致稿酬三十元，但有時不送來，遂解約」（《年譜長編》）。幾本傳記也是這樣寫。看起來約稿一事似乎有頭無尾，才發表不久即草草結束，但年譜長編於此有些差錯，事實上並沒有解約。

王國維在《盛京時報》發表隨筆札記不少，據日人井波陵一著《王國維與盛京時報》之研究成果，王國維隨筆刊登日期起自一九一三年七月十一日，終至一九一五年十一月二十八日，期間陸陸續續時有登載，歷時兩年半，前後分成「東山雜記」、「二牖軒隨錄」、「閱古漫（隨）錄」等三組文字，總計十數萬言。若不是王國維於一九一六年二月找到新工作回到中國，可能還可以繼續發表下去。兩年半時間並不短，這是有頭有尾，頗具規模的專欄連載，如果這段期間《盛京時報》均按月支付稿酬三十元，那對經濟狀況不無小補。我猜測稿酬並沒少給，所以才能持續供稿到即將離日的一九一五年底。

七、自號「永觀堂」考

王國維一九一六年四月十一日寫給羅振玉的信中署名「永觀」（據《羅振玉王國維

往來書信》），應該是現今所知首次使用此號，當時他已經離開日本回到上海定居。在此之前的書信，他均署本名「維」、「國維」、「王國維」。之後的署名則是本名與「永觀」、「永」、「觀」參雜使用，甚至也在信中自稱「永」、「觀」。有時候前後不一致，信中自稱「維」，信末卻署名「永觀」（例如一九一六年七月四日致羅振玉）。不過，他只有在給羅振玉的信中才署名「永觀」、「永」、「觀」等號，給師友的信則大都仍署本名。

「永觀」署名在一九一六至一九一八年間頻繁使用於書信上。自一九一九起就少見。最後一次出現是在一九二四年七月三十一日給羅振玉的信。之後則回歸本名。

而「永觀堂」三字首次出現，則是在王國維的文集書名上。一九一七年秋冬間，王國維將近年文章五十七篇編為文集《永觀堂海內外雜文》上下二卷，納為「廣倉學窘叢書」第二十三、二十四冊，由倉聖明智大學於一九一七年十一月及十二月刊行。是自《靜安文集》後第二部自編文集。

一九一八年三月十四日王國維致羅振玉信：「公如作書時，祈為書『永觀堂』三字小額，以後擬自號『觀堂』，此三字尚大雅。去歲小集亦題『永觀堂海內外雜文』……」（據《羅振玉王國維往來書信》）。但有一事古怪，信中寫得如此鄭重其事，但是他在後來的書信中還是署名「國維」及「永觀」，並沒有署「觀堂」或「永觀堂」。不過，「永觀堂」卻天外飛來一筆似地出現在《靜庵詩詞稿》裡〈題漢人草隸甎〉二絕句的跋語：

「時辛酉季冬，醉司命日嚴寒永觀堂炙硯書。」翻遍整本《靜庵詩詞稿》，也只有這裡才有詩末跋語及自號。

羅繼祖在《羅振玉王國維往來書信》第四號信的按語說：「札中所用『禮堂先生』，乃王國維早年號，後改『觀堂』，因見京都有永觀堂，有愜於心，遂取以為號。」劉大紳的兒子劉蕙孫說，王國維自號「永觀堂」，是因為王國維把家眷送回中國後，獨居於京都永觀堂。但是查王國維〈丙辰日記〉第一天（元旦）所記：「起，盥洗訖。與韞公賀歲。自去歲送家眷回國，即寓韞公家，至是已八閱月。」他明明住在羅振玉家，一直住到離開日本為止。劉蕙孫記憶有誤。

日本友人也不確定「觀堂」來歷。一九五一年六月十日，日本靜安學會與浪華藝文會共同召開王國維先生追憶會，會議上，東洋史學家森鹿三提問：「王先生號觀堂，跟永觀堂有關係嗎？」神田喜一郎和鈴木虎雄答說：「那……不知道。」這表示王國維並沒有向他們提過這件事，且確實是他回中國之後才有取這自號的想法。

雖然王國維沒有住過永觀堂，但是我卻願意相信羅繼祖說法，是因為京都永觀堂「有愜於心」而起的自號。現存文獻沒有王國維參觀永觀堂的紀錄，但是永觀堂是東山名勝，也是一級紅葉名所，南側緊鄰南禪寺，北側就是哲學之道南端點，每逢假日、花季遊人如織，名氣人氣更勝過真如堂、安樂寺，王國維住在附近幾年不可能會錯過。

永觀堂正式名稱為「聖眾來迎山　無量壽院　禪林寺」，創建於八六三年，宗派為淨土宗西山禪林寺派。因第七世法主永觀律師受信徒愛戴而通稱「永觀堂」。

八、結語

王國維在〈丙辰日記〉中總結住在京都這些日子：「此四年中生活，在一生中最為簡單，惟學問則變化滋甚。」（丙辰元月初二）對凡人來說，生活簡單就是幸福。對學人來說，靜心研究學問就是幸福。

我翻讀《王國維年譜長編》及各家傳記，越發覺得「最為簡單」的日本生活真是王國維一生重要的時期。他的人生轉捩點有幾處與日本有關。

起先是一九〇一年留學東京，看到他得腳氣病不得不中斷學業離開日本這一段時，不禁胡亂揣測，如果他能順利完成學業，甚至再深造，豈不成了理化學者？中國將多一位理化大師而少一位國學大師，世間將不會誕生《紅樓夢評論》、《人間詞》、《人間詞話》、《宋元戲曲史》、《觀堂集林》，對於中國國學、文學發展不知會有多少影響？同時，對於中國科學發展又不知會有多少影響？

再來是京都僑居時期所謂的「學問變化滋甚」。他的學術研究範圍從哲學、文學，突然轉到經史考證、甲骨金文研究等，且獲致很大成果。剛到日本不久就委由商務印書館出版《宋元戲曲史》，是他歷來戲曲研究的總結，公認是中國戲曲史研究里程碑，但是此書完成後，他就再也不談戲曲了。他自編的研究論文總集《觀堂集林》也不收入早年的《紅樓夢評論》、《人間詞話》。為何「學問變化滋甚」？這是很重大的問題，歷來諸多學者做了探討。但其中有些疑點。

根據羅振玉的敘述，是他勸王國維改走一條治學之道：「專研國學而先於小學、訓詁培植根基，並與論學術得失……」在羅振玉開導之下，王國維彷彿痛改前非似的，非常戲劇化地，竟然取出自己的作品《靜安文集》百多本在羅振玉面前付之一炬（〈海寧王忠愨公傳〉）。學術研究方向想轉變就轉變吧，但是為何要如此否定以前的自己？何苦做得如此決絕？這是不是一種自我毀滅性格的展現呢？意氣用事？羅振玉當時到底跟他說了什麼？而王國維真的燒過書嗎？不論羅振玉說的是真是假，這段敘述都很耐人尋味。

最後，一九一八年內藤湖南邀請他去日本京都大學任教，這件事亦讓人扼腕。如果成行，轉換環境心境，是否就此可以安心於學術研究，徜徉在古都豐富的文化氣息、繽紛華美的自然景物中，而遠離複雜的人情、政治的糾葛呢？是否就能因此躲開自沉的悲傷結局？俱往矣，這都只能留供後人想像揣摩了。

拜訪永觀堂時，小小的入口擠滿排隊購票的遊客。青春萌樣的女學生們在紅葉下各擺嬌態拍攝合照，嘻笑的語聲如銀鈴般輕響，彷佛不知此世尚有無常、無望、無告的情事。深秋的永觀堂不但有紅葉可觀，還可參拜一尊非常有名的國寶阿彌陀立像。這尊佛

青春萌樣的女學生們在永觀堂的紅葉下各擺嬌態合影。

像高只八十公分，奇在造型與他尊大不同，佛陀是轉首回顧左後方的，俗稱「回首阿彌陀」。傳說某日永觀律師在佛堂疾走念佛修行時，這佛像竟從壇上走下來，走在永觀之前，還回頭親切叮嚀：「永觀啊，走得太慢喔。」世人視此傳說為趣談妙聞，我則被此傳說蘊含對於術業勇猛精進再精進的追求，及念眾生不得解脫而善加護祐的慈悲撼動，百感交集，幾至泫淚，久久不能自已。

（原載二〇一〇年九月及十月號《博覽群書》雜誌）

鹿谷陰翳證空寂：訪法然院谷崎潤一郎墓地

進行京都自由行資料收集時，方知谷崎潤一郎先生墓地位於洛東法然院。在一般觀光客眼中，法然院知名度遠不如附近銀閣寺、南禪寺那般響亮。從資料看來似乎不是多大的廟，也未列京都前十名賞紅葉名所（大概連前二十名也排不進）。有一優點是地理位置尚佳，位於名勝哲學之道旁近。但哲學之道乾澀的秋天景象似不如春天花見季節、櫻花重雲壓枝那麼繽紛熱鬧。一般遊客不至於只為了賞那一小院寂寥紅葉而專程去一趟。

即使有這麼多「不是」、「不如」，我仍然想去那裡看看，並且拜見谷崎先生墓。於是把法然院及谷崎潤一郎墓地排入「哲學之道」行程，把「哲學之道」排入京都賞紅葉行程。

至於谷崎潤一郎為何埋骨京都？不了解。難道與他寫過小說《細雪》有關？我收集網上及書面中日文資料，粗淺研究他一生遊歷行止，想弄清楚緣由。

谷崎潤一郎，明治十九年（一八八六）出生於東京市日本橋區蛎殼町。求學之路略有坎坷，然終究一路在東京都內就讀小學、中學、高校，直到東京帝國大學國文科肄業。祖父是手腕厲害的江戶商人，祖、父、孫三代都住東京，谷崎青少年時代生活領域都在東京為主的關東地區，是土生土長的「江戶子」。

直到明治四十五年（一九一二），二十六歲那年，當時他初出茅廬，才寫了幾篇作品即受永井荷風激賞，在文壇小有名氣，大阪每日新聞社及東京日日新聞社遂邀請他，於兩報連載京阪見聞隨筆（後來以《朱雀日記》之名發表），於四月二十一日抵達京都。當天下榻「下木屋町」的旅社（但是查今日京都並沒有「下木屋町」這個地方，「下」字大概是地理觀念詞，推測旅社可能在今之木屋町通，臨近鴨川及先斗町），在京都期間，每晚都和朋友去先斗町、祇園的茶屋飲酒作樂，看舞伎跳舞奏樂，自己都承認玩到「流連荒亡」。這趟旅行是他平生首次造訪京都。

十一年後，緣分來了。大正十二年（一九二三）九月一日發生關東大地震，這場災難改變他及家人的命運。當時谷崎正搭乘巴士行駛於箱根的山道上，親眼目睹地面裂開，靠山谷側的道路震毀崩壞（〈九月一日前後〉，一九二六）。地震發生時正好是中午家家戶戶燒飯時間，灶垮廚坍，進而引發大火，整個東京燒個透徹，大約有四十四萬七千棟房屋被燒掉，比震垮的房屋還高幾倍（宮崎駿動畫電影《風起》重現這場災難，地皮與房屋被震到跳起，誇張的動畫手法令觀眾印象深刻）。

谷崎位於橫濱的家也燒毀。交通及通訊中斷，用了九天時間，遊走關西關東，花了好大工夫才回到橫濱與家人重聚。不想再待在東京，更懼怕不知何時再來的大地震（從小就有地震恐慌症），於是九月底，舉家搬到京都上京區等持院中町十七番地。當年谷崎三十七歲。從此展開他與京都及關西地區長達三十三年的居住關係。

三三年間搬家搬得很頻繁，有時候還跑到寺院裡暫住或寫稿，被人戲稱「搬家魔」。一九二八年搬到神戶東灘區岡本（親自設計屋舍，命名「鎖瀾閣」），一九三一年在高野山住過一陣子，一九三二年搬到兵庫縣武庫郡魚崎町。二戰期間一九四四年搬回關東的熱海，戰後一九四六年又搬回京都（南禪寺下河原町），一九四九年搬到下鴨泉川町。上了年紀後，受不了太劇烈的寒暑天氣，於是一九五〇年六十四歲那年在熱海買下別墅（前之「雪後庵」），冬夏兩季多半居留此處。

一九五六年十二月八日（七十歲），將京都下鴨的住宅「潺湲亭」賣掉，定居熱海，這才正式撤離關西、搬回關東。一九六四年七月（七十八歲），搬到神奈川縣湯河原町，新居命名為「湘碧山房」。這是熱愛搬家的他此生最後一次搬家。

而他與京都的緣分一直延續到生命盡頭。最後一次前往京都是一九六五年五月九日的旅行。大約三個月後，同年七月三十日因腎臟功能不全併發心臟功能不全，於自宅湘碧山房逝世。享年七十九歲。

以上簡略概述谷崎潤一郎一生於關東關西之間的搬遷居住史，只是想讓讀者對於谷崎與關東、關西兩區地緣關係有個初步概念。我認為，這對於了解谷崎、研究谷崎的文學作品會有些幫助。

關東時期的谷崎與關西時期的谷崎，在文學上有不同方向的發展。關東時期的谷崎傾慕來自西洋近代的「惡魔主義」，搬到關西後，漸漸關注日本古典文化，開始走「日本古典主義」。關東時期以《癡人之愛》（一九二四年於《大阪朝日新聞》發表）為集大成之作，關西時期初期則以一九三三年發表的《春琴抄》為「日本古典主義」圓熟登峰之作，同一思想體系化為隨筆則是同年底發表的《陰翳禮讚》。對於古典的嚮往與對京都的熱愛，化為小說即是《細雪》，這樣還不夠，乾脆重新翻譯古典小說《源氏物語》，自一九三五年到一九六四年，總共翻譯出三種版本。

不過，我個人覺得，在谷崎心目中，所謂的「惡魔主義」並沒有退去，始終盤據在谷崎的作品裡。《癡人之愛》主角讓治對於奈歐美的癡絕，與《春琴抄》主角佐助對春琴的癡絕，骨子裡是很類似的感情。關西時期寫成的《萬字》、《鍵》與《瘋癲老人日記》也都有很強的官能成分，或病態或變態，都是經由頹廢、墮落、自虐來發掘、守護女體之美，說到底也是一種對於女性的耽美，都有「惡魔主義」的影子。

谷崎這個江戶子會走向「日本古典主義」，大概是因為他愛上京都以及住在京都的人們。但究其源，他愛的是更古老的、承襲江戶風情文化的東京。

搬到京都後，前一兩年還覺得京都、大阪、關西地區的風土人情習性與東京差距很大，有些不習慣，甚至不順眼。例如某日搭乘阪急電鐵時，在擁擠的車廂內，竟然有媽媽抱著兩三歲小孩蹲下來，讓小孩當眾尿尿，尿流滿地，更奇的是，車廂內所有大阪人都沒有任何感覺。一點點責難、不愉快的表情都沒有。還有一次也很離譜，媽媽在車廂地板上鋪報紙讓小孩當眾便便，完事後，報紙收一收，捧著這一坨穿過站著的乘客們，一把扔出車窗外（〈阪神見聞錄〉，一九二五）。

但久而久之，他漸漸愛上京都及京都所代表的生活與文化。從京都，他看到已不復存在的老東京。那種屬於童年的懷舊氣氛，以為已經消逝，竟然由京都保留著。關東大地震把傳承自江戶的老東京毀了，經濟衰敗，社會動盪，抗爭四起，政府加強武力鎮壓，間接孕育軍國主義，重建的東京成為軍國之「帝都」，更加機械化、西洋化、現代化，野心勃勃，蓄勢待發。老巷弄、老房屋、老風情沒了，卻在京都找到。就連大自然環境，也覺得京都的更為可親。

他在隨筆裡曾經明白說過：「戰爭結束後，我在京都小住過一陣子。我把原籍都遷到京都來了，決定把京都當成永久的居住地。要是一直住在糺之森該有多好。」（摘自〈憶京都〉，一九六二）糺之森就在左京區，裡面有座非常有名的下鴨神社。但是糺之森位於高野川及賀茂川匯流處（合流後即是鴨川），溼氣重，夏天酷熱，冬天太濕冷，老人家受不了。七十歲那年把下鴨住宅賣了。若不是因為身體健康因素，我相信他會選擇老死於京都。

二〇〇九年十一月二十九日下午，我與妻子至南禪寺賞紅葉，之後北行，經永觀堂，來到哲學之道。秋天午後的哲學之道，絲毫無蕭索氣象，意外地尚有幾處頗可觀的紅葉殊景。遊客並不少。大概與我一樣係慕名而來。我們從南端的「若王子橋」開始，順著水道小徑往北走。一路走走停停，忽而岸左，旋而跨小橋抵岸右，看游魚、看花草，賞景復拍照。行到法然院橋，依照指示向右轉，走進小巷人家之內，更走進一處幽靜山林。

這片山林當地人稱「鹿谷」。大概古時候有野生的鹿在這裡棲息而得名吧？現代的鹿們都搬到奈良讓觀光客供養了。

順著參道，還未走到法然院山門，就先抵達公共墓園。似乎沒有特別標示谷崎潤一郎的墓，只好硬著頭皮進去邊逛邊找。一座一座地找。從眾先人墳前經過，打擾清靜，深恐造成死者們的困擾，心中不禁自責，遂邊走邊偷偷暗誦「南無阿彌陀佛」。

這公共墓園說大不大，說小卻也不小，繞來繞去，就是找不到谷崎先生。反而找到內藤湖南、九鬼周造諸位大先生的墓。

這樣抓瞎不行，恰巧有位大嬸在整理墓園，我們用彆腳日語加上漢字向她請教。大嬸很和氣地指向距離大約五六十公尺處一株乾枯的櫻花樹，說就在樹下。第三任太太也一起。

谷崎於一九六一年四月二十日買下法然院外這塊墓地。

為什麼這麼大的京都市，他會選擇此處？我也不清楚，只知道他於一九六二年十二月發表的隨筆〈憶京都〉開頭就說：「我已經不把如今的東京視為我的故鄉。……雖然沒有故鄉，埋身之地還是要的。那便是京都的鹿谷。」

有一條不知道算不算是線索的線索，那就是渡邊千萬子住在法然院旁邊。應該已無疑義，渡邊千萬子就是谷崎晚年作品《瘋癲老人日記》那位兒媳婦颯子的原型。

她和谷崎的親戚關係有些複雜。谷崎第三任妻子松子的妹妹重子與渡邊明先生結為夫妻。松子與前夫根津清太郎生的兒子交由重子夫妻收為養子（名為渡邊清治），這位渡邊清治成人後娶大畫家橋本關雪先生的外孫女千萬子為妻。所以這位渡邊千萬子就是與谷崎沒有直接關係的「兒媳婦」。她的先生並非谷崎的親骨肉。

但是谷崎很喜歡這位「兒媳婦」。她啟發了他的創作靈感。是他的繆思女神。甚至還可以給他的作品提意見，他也遵示辦理。他特地為她寫了《瘋癲老人日記》。偶爾會送她貴重禮物。曾經向香港訂製手工鞋送她，但是依據千萬子雙腳所畫出的腳樣卻被他慎重收藏起來，不還。

不過，別把《瘋癲老人日記》當成谷崎潤一郎日記，小說畢竟是小說，真真假假，不論谷崎心裡面是否有怎樣的妄想，至少他沒有機會實現。真實世界的他們並沒有同住一個屋簷下，當時千萬子住在京都，谷崎住在熱海，兩人都是用書信來通訊。這些書信保存至今，集結成冊，《谷崎潤一郎＝渡辺千萬子　往復書簡》在二〇〇一年由中央公

谷崎潤一郎及其家族成員的墓石。

論社出版問世，事涉文豪私密，當時造成轟動。

當決定買下法然院外這塊墓地時，他是希望過世之後，由千萬子來守護他？還是說，即使過世了，也能夠守護著千萬子？據說從谷崎的墓地旁就可以看到千萬子的家。距離是這麼地近。千萬子利用住家開了一家咖啡店Atelier de Café，可惜已於二〇〇三年結束營業，現在換成一家名為「cafe terrazza」的店。我回臺灣後才知道這件事，否則應該把這棟房子拍照留念。

依據好心大嬸指點，總算找到谷崎的墓了。墓場最上層，臨貼山坡，一株櫻花樹，樹下有兩顆墓石，左右並列，當中排列一道小石隔開。面向櫻樹，左石刻「寂」字，右石刻「空」字。都是谷崎生前親筆寫的，署有「潤一郎書」字樣。「寂」之下埋葬谷崎及妻子松子，「空」之下埋葬重子夫妻及其家族成員。墓石是谷崎自己挑選的。

「寂」、「空」二字，頗耐人尋味。看谷崎一生，功成名就，作品叫好叫座，均可以傳世不朽。老婆就娶了三任，子孫滿堂。錢包未曾困窘過。身為大正昭和年代數一數二的大文豪，如何「寂」如何「空」？選擇這兩個字刻在墓石上，他是懷抱怎樣的想法呢？就是繁華過盡「萬法皆空」的領悟嗎？或者是，人生即將走到盡頭時，面對未知的那一端，回首來去，從心靈深處湧現出的一點空虛寂寞？

其實，谷崎有兩座墓。一九六五年十一月六日他過世百日忌那天，部分遺骨被送到東京豐島區染井墓地慈眼寺，與雙親合葬。他真正思慕的可能不是父親，而是母親。母親潔白若細雪的肌膚，是他心中永遠的美女典型。早年「慕戀」母親，晚年「慕戀」千萬子，死後可以同時陪伴她們兩位。這樣的後事安排，應該心滿意足了。

除了我們之外，還有一位中年男士也帶著幾位大學生模樣的日本女生來找谷崎的墓。離開墓園時，看見三位碧眼金髮的老外正要走進來，該不會也是要訪谷崎先生吧？

拜別谷崎先生之後，再進法然院拜觀，欣賞雅緻靜寂的造景及豔絕淒麗的紅葉，離開後下個目的地是神樂岡及吉田山。在半路上，談起方才拜訪的法然院及墓園，不太認識谷崎的妻子說：「我是不知道這位谷崎先生的文學成就多大、小說多好看，但是他過世幾十年之後，還有一個遠隔幾千公里遠，看不懂日文的外國讀者專程跑來這裡尋找他的墳墓，我想，他這輩子真的沒有白活。」評價至為公允。

後記
那些藏書家教我的事

我發表過幾篇談書文字，文中把「藏書家」一詞掛在自己身上，似乎很懂藏書，引起親友、師長、鄉民或訝異或關切或不齒，實則，僅圖行文方便，製造娛樂效果罷了。我確實「藏」了不少「書」在「家」裡，但擁有很多書，尚不足稱為「藏書家」。頂多是「無照藏書家」：略懂一點皮毛，就貿然上路疾闖，無規無矩，時人難以認同，是為「無照」。

不過，我卻認識幾位真正的藏書家，都是我學習典範，惠我良多。這幾位藏書家大都低調少言，行事隱密，我有義務與讀者分享（說難聽是「暴露」）他們的嘉言懿行。

作家、學者、臺灣文學史料專家、獵書高手張良澤先生曾在公開場合說：「**書不是用來讀的，是用來摸的。**」當時我在場，乍聽此言，心頭為之一震。這是歷來藏書家們敢做不敢言的心內話，他竟然大膽說出口。將「藏書癖」的症狀一槌定音。自從「書」這物件被人類創造以來，使用法就是「讀」，人們注重其內容文字、思想，書僅是載體，讀過、讀破的書可棄之不顧，所謂「得魚而忘筌」。然而文化發展進入藏書領域後，「讀」退後一步，更要讓給摸、嗅、看（封面及插圖）。在藏書家眼中，「書」之為物才是情之所鍾。不必打高空，大方直接承認戀物之癖，前輩泱泱風範真不可企及。

陳逸華，青年藏書家翹楚。他收藏主題大約是臺灣自五〇年代起出版的純文學珍本、現代詩夢幻逸品、簽名本。他熟悉臺灣歷來有名無名的文學出版社、現代詩社之沿革歷史及老作家、老詩人們軼聞秘辛，對全臺灣所有舊書店位置與特色如數家珍。這些成就來自他**勤走勤問、勤上網、勤交朋友**。

二〇〇九年他獲得雲門舞集「流浪者計畫」資助，從中國東北「流浪」到華南，沿路遍訪各省、各城新舊書店、藏書家及作家，嘗盡書的旖旎風景，讓人豔羨。曾任職傳奇的九歌出版社，現於聯經出版公司服務，直接接觸多位傳說中的作家與作品，想必有「虎入羊群」的快意。

Whisly，低調青年藏書家。和我一樣理工出身。因老家空間有限，藏書量不能多，但本本精深得要命，獲董橋先生認可。他教我，應從文壇大老的書信、日記去了解他的思想、寫作出版史與人際交遊，啟發我如何**藉由文壇八卦去擴展藏書領域**。

活水來冊房主人黃震南，ＰＴＴ鄉民熟知的「藏書界竹野內豐」。大暢銷書《臺灣史上最有梗的臺灣史》作者。藏書是他家族志業。父親自初二就開始逛舊書店、藏書，曾接受報章雜誌訪問，封為臺灣「藏書達人」。母親也支持，兩代三人聯手，互相支援，互通有無，共同研究，其樂也融融。不愧是「藏二代」。他家對於臺灣研究主題書籍收藏頗深入，尤其是臺灣古典文學、日治時期出版品。他常運用家藏文獻、配合時事為ＰＴＴ鄉民們闡述臺灣文史內涵。這類藏品我沒門路也沒有財力獲致，但他啟迪我**思考何為「藏書之用」**。

若想培養藏書興趣，但書海茫茫，應從何藏起？怎樣的書才有收藏的價值？有沒有什麼標準？高雄先生曾接受《中國時報》訪問，說藏書標準只是「**稀、奇、古、怪**」。尋常四字就歸納出蒐書心法，讓我茅塞頓開。高雄先生極低調，人多不識。任職於臺大公館區內某大事業，午休及下班後即可就近漫步巡查各家舊書店。單身無家累，豐厚的薪水可任意運用買書，羨煞我也。

作家辜振豐老師說：「**買書絕不能手軟**。」辜老師謙稱留學英國倫敦期間，都不上課，光是逛舊書店。只買二手書，因為太便宜。他很捨得花錢買書。畢業學成搭機回臺灣那天，口袋只剩搭客運回老家的錢。他常帶巨款飛到日本東京，什麼事都不做，就只在神保町買書，把錢花光為止。還特許我將來可以陪他一起腰纏十萬貫，騎鶴上東京。為此，我還在努力存錢中。近來老師的興趣從寫書移轉到翻譯書、裝幀書，為了設計封面，又花大筆銀子買書當資料。真不知划算否？

此外，曾經不吝提攜我、指導我如**陳建銘、傅月庵、李志銘、吳卡密、吳興文、文自秀、屏東紙上極樂、香港林冠中**幾位都是用生命豐富藏書，以藏書涵養生活，知識淵博，見解深廣，神一般的書人，我只能跪服。傅、李兩位幾部談書之書，我奉為經典，隨時查閱品讀。

特別感謝陳建銘兄。我原本只是開了部落格，隨興塗寫私人藏書紀錄，是他率先肯定並鼓勵我多寫訪書與書話文章。現在回想起來，他的品味與見識果然獨到。建銘兄郁郁風雅，頗有日式紳士讀書人氣質。曾任誠品書店古書區店長，以筆名「王小美」從事插繪及書籍裝幀，以本名從事編輯及翻譯。他主編採訪書人、藏書家為主題的《逛書架》、《逛逛書架》是空前絕妙之書。翻譯過《菩薩凝視的島嶼》、《查令十字路84號》、《嗜書癮君子》、《非普通讀者》等，素為文化界、藏書界津津樂道。還沒找到出版社就任性地譯出與電話簿一般厚、大、重的愛德華・紐頓《藏書之愛》。他是鐵桿書癡，以書為業、為生命依託。雖然我倆同年次，我始終視他為兄長、為前輩，從他那裡我體認到**對於書籍的愛情**。

我不是藏書家，但是我很榮幸跟隨在這些藏書家左右，一起在鬱鬱書林中前行。

當代名家
人間書話：藏書家的心事

2017年4月初版 定價：新臺幣290元

著　　者　苦　茶
總 編 輯　胡 金 倫
總 經 理　羅 國 俊
發 行 人　林 載 爵

出　版　者　聯經出版事業股份有限公司
地　　　址　台北市基隆路一段180號4樓
編輯部地址　台北市基隆路一段180號4樓
叢書主編電話　(02)87876242轉224
台北聯經書房　台北市新生南路三段94號
電　　　話　(02)23620308
台中分公司　台中市北區崇德路一段198號
暨門市電話　(04)22312023
台中電子信箱　e-mail：linking2@ms42.hinet.net
郵政劃撥帳戶第0100559-3號
郵撥電話　(02)23620308
印　刷　者　世和印製企業有限公司
總　經　銷　聯合發行股份有限公司
發　行　所　新北市新店區寶橋路235巷6弄6號2樓
電　　　話　(02)29178022

叢書主編　陳 逸 華
封面設計　兒　日
校　　對　施 亞 蒨

行政院新聞局出版事業登記證局版臺業字第0130號

本書如有缺頁，破損，倒裝請寄回台北聯經書房更換。 ISBN 978-957-08-4925-7 (平裝)
聯經網址： www.linkingbooks.com.tw
電子信箱：linking@udngroup.com

國家圖書館出版品預行編目資料

人間書話：藏書家的心事/苦茶著．初版．臺北市．
聯經．2017年4月（民106年）．272面．14.8×21公分
（當代名家）

ISBN 978-957-08-4925-7（平裝）

855 106004319